JN062187

原作　早瀬憲太郎（はやせけんたろう）　文　広鰭恵利子（ひろはたえりこ）

監修　全日本ろうあ連盟

汐文社

もくじ

咲む……「笑う」という言葉の古語の語源となる言葉。

笑い顔になる、花が咲き始め

つぼみがほころびる、果実が熟するという三つの意味がある。

＊読者の方へ。本書は、手話と音声と筆談の区別を分かりやすくするために、手話の部分は〈　〉で、音声の部分は「　」で、筆談は《　》で表しています（メールも）。二種類を併用している場合は、「〈　〉」のように組み合わせています。

第1章　夢の始まり

夏空に、セミの声が響き渡る。

平子瑞月は、空に浮かび上がるように建つ建物を見上げた。日本保健医科大学病院、大学も併せ持つ大きな病院だ。今日は、この病院の看護師の桑野まゆに呼ばれてきたのだ。

病院に足を踏み入れると、瑞月の足は自然と速くなる。妹のはるひの言葉を思い出した。

〈廊下を歩く時ってね、足元がキュピキュピって音を出すんだよ〉

瑞月の頭にキュピキュピ……という文字が浮かぶ。でも、それだけだ。どんな音なのか瑞月にはわからない。瑞月は耳がまったく聞こえないのだ。

向かいを歩く看護師が怖い顔で瑞月を見た。瑞月はあわてて頭を下げた。それでも、急がずにはいられなかった。今日は、生まれて間もない赤ちゃんに会えるのだ。きっと小さくてむっちりしていて、天使のようかわいいにちがいない。がまんできずに、瑞月は走り出してしまった。

「病院では走らないでください！」

看護師の声が廊下に響く。瑞月は振り向かずに走り続けた。声は瑞月には届いていなかった。


ナースステーションまで来ると、瑞月は足を止めた。まゆの姿が見える。白衣をきりっと着こなし、手にはカルテをかかえている。真剣な顔で師長と話をしているところだった。瑞月の口からため息がもれた。

（かっこいいなあ）

桑野まゆは、瑞月のあこがれで、理想の看護師だ。まゆが瑞月に気づいた。笑顔で手を振ってくる。瑞月も笑顔で手を振り返した。まゆが、廊下の向こうを指差す。

赤ちゃんは、あっちにいるらしい。瑞月は大きくうなずいて、まゆに近づいていった。
まゆから瑞月にメールが来たのは、一週間前のことだった。
《瑞月ちゃん、ちょっと病院に来てみない？　かわいい赤ちゃんが生まれたよ》
瑞月はすぐに返信しようとした。でも、その後のメールの文字を見て、指の動きが止まった。
《その赤ちゃん、耳が聞こえないの》
耳が聞こえない……。瑞月と同じだ。同じ、ろう者だ。瑞月は、素早く指を動かした。
《もちろん行く！》
返ってきたメールには、《待ってるね》という言葉と一緒にスマイルマークがついていた。

まゆと初めて会ったのは五年前、瑞月が中二の時だった。学校で陸上部に入っていた瑞月は、毎日練習に明け暮れていた。大会に向けていつもよりもハードな練習をしていた時だ。突然、左足に激痛が走った。病院でついた診断名はアキレス腱断裂だった。

瑞月にとって、初めての手術と入院が待っていた。不安だらけな上に、目の前にコミュニケーションの問題が立ちふさがった。瑞月は、普段は手話でコミュニケーションをとっている。でも、病院には手話のわかる人がいなかった。どんな手術なのか、治療やリハビリはどうなるのか。わからないことばかりで泣きたくなった。そんな時、まゆが担当看護師として瑞月の病室にやってきたのだ。そして、手話で話しかけてくれた。

〈大丈夫だよ〉

その手話を見た時、瑞月の不安は吹き飛んだ。暗闇の中に光が差し込んだような気がした。

〈大げさだね〉

と、まゆは笑う。けれど瑞月にとっては大げさでもなんでもなかった。まゆと出会って、瑞月には目標ができた。看護師になる。その目標に向かって、瑞月は歩き始めたところだった。

まゆはいつもの笑顔で瑞月を待っていた。手が柔らかに動く。まゆの手話は、美しい。花びらが風に揺れているようだ。

〈赤ちゃんのお母さん、ちょっと神経質になってるの〉

瑞月は、首をかしげた。

〈どうして？〉

まゆが苦笑いの顔になった。

〈瑞月ちゃんには、わからないか。そうだよねえ〉

〈何それ？〉

〈いいから、いいから。行こう〉

背中を押されて、瑞月は首をかしげたまま歩き出した。


小児科の待合室では、水森千尋がぼんやりとたたずんでいた。隣のベビーカーに目を向ける。中では、赤ちゃんが何の悩みもなさそうにぐっすりと眠っている。

この子の耳が聞こえないなんて……。

水森は、目を伏せた。信じたくなかった。初めての子に夫と二人で大喜びし、楽しい未来を想像していたのだ。生後三日目の新生児スクリーニングで医師に耳が聞こえない可能性があることを告げられた。そして、三か月後の精密検査では聴覚障害の確定診断が出たのだ。涙が涸れるまで泣いた。あまりのショックに一緒に死のうとまで思った。その時水森を支えたのが、桑田まゆだった。

「水森さん」

顔を上げると、まゆが近づいてくるところだった。瑞月も一緒だ。水森を見て、頭を下げる。水森は、瑞月の澄んだ目に引きつけられた。まゆが、手話で話しかけている。

〈こちらは、水森さん。六か月前に赤ちゃんが生まれたばかりなのよ〉

まゆにうなずいて、瑞月が勢いよく頭を下げた。

〈はじめまして。瑞月です〉

水森は目を丸くした。光がはじけたような気がしたのだ。瑞月が、ベビーカーの赤ちゃんをのぞき込む。

〈赤ちゃん、かわいいですね！　名前は？〉

瑞月の手話をまゆが通訳してくれた。水森がつぶやく。

「みらいです……」

〈みらいかあ。いい名前ですね！〉

瑞月の言葉に、水森が顔を上げた。まゆが、話しながら手を動かす。

「〈瑞月ちゃんは、とてもアクティブで〉」

瑞月はにこにこと笑っている。

「〈耳のハンディを感じさせないんですよ〉」

〈聞こえないこと、ハンディと思ってないよ〉

水森は息を飲んだ。瑞月を見つめると、まっすぐ見つめ返してきた。

〈わたし、ろうとして生まれ、手話で育った自分が好きです〉

ろうの自分が好き……瑞月の言葉は、水森の心に静かに落ちていった。何か言おうと思うのに、言葉が出てこない。瑞月は、ポケットからポストカードを取り出した。自分で作ったカードだ。かわいい看護師の絵が描いてある。モデルは、瑞月自身だ。そこに、ペンで《みらいちゃんへ》と書き加えた。

〈これ、いつか赤ちゃんに読んであげてください〉

水森にポストカードを差し出す。

《みらいちゃんへ　わたしのゆめは　かんごしだよ！　あなたは　大きくなったら　何になりたい？　　ひらこ　みづき》

水森の目が文字を追う。瑞月は、赤ちゃんに自分の夢を伝えたい、と思ったのだ。いつか大きくなって将来を考えるようになった時、同じろう者の瑞月がどんな夢を持っていたのか知ってもらいたい。

「……看護師」

水森が、口を動かした。

〈この子の未来もきっと楽しいことといっぱいありますよ〉

瑞月は、赤ちゃんに手話で話しかけた。

〈同じ　ろうだね〉

赤ちゃんがうっすら目を開いた。瑞月は、赤ちゃんに大きく手を振った。

〈生まれてきて、おめでとう！〉

赤ちゃんは、黒いキャンディーのような目で瑞月を見つめている。

〈だっこしていいですか？〉

瑞月の言葉に、水森は小さくうなずいた。まゆが、赤ちゃんをベビーカーから出して、瑞月の腕に乗せる。ずっしりとした重みが、瑞月の腕に伝わった。こんなに小さいのに、瑞月が思っていたよりずっと重い。たくさんの夢や希望が詰まっているから重いのだ。

瑞月は振り向いて、とびきりの笑顔を水森に見せた。

瑞月の耳が聞こえないのは、生まれつきだ。父も母もろう者で、家族はみんな手話で話をする。瑞月が小さい頃は、それが当たり前だと思っていた。でも、大きくなるにつれてそうではないことがわかってきた。耳が聞こえる人は、声で話をする。手話を使う人は、ほとんどいないのだ。瑞月は不思議だった。世界には、いろいろな言葉がある。英語やフランス語、ドイツ語……手話もその言葉の中の一つだと思う。それなのに、どうして手話で話す人が少ないのだろう。小さい頃に抱いた疑問の答えはまだ見つかっていない。

瑞月が五歳の時、妹のはるひが生まれた。はるひは、ろう者ではなかった。家の中で唯一、音を聞き、声を出して話す人間だ。でも、普段は手話で話をする。はるひは自分が日本語と手話言語のバイリンガルだと、いつも胸を張っている。

瑞月たち家族はおしゃべりで、毎日笑いながら暮らしてきた。

瑞月は、水森に伝えた通り耳が聞こえないことをハンディだと思ったことはな

かったのだ。七年後に就職活動を始めるまでは……。

〈やばい、やばい！〉

瑞月は、ころがるようにして階段を下りてきた。母とはるひが、居間から顔を出す。

〈また落ちる夢みた。もうがけっぷち！〉

手を素早く動かして訴える。はるひが、眉を上げた。

〈大丈夫！　今度こそいける〉

そう言いながら、カバンを渡す。瑞月の口から思わずため息が出た。

〈この会話、何回目だろう〉

少なくとも、十回は同じことを言っている気がする。つまり、それだけ瑞月が面接に落ち続けているということだ。大学で学んできたことに瑞月は自信を持っていた。でも落ちるたびに、その自信が揺らぐ。力いっぱいぶつかっていっても、社会へ続く扉はなかなか開かない。瑞月が思っていた以上に、扉は重い。あきらめたら終わりだと瑞月は自分に言い聞かせている。

髪はセットしたし、シャツはピンと伸びている。靴もぴかぴかにみがいた。瑞月は背筋を伸ばして息を吐いた。はるひが、小さく震えて瑞月を見た。

〈やばい。こっちまで緊張してきた〉

渋い顔に瑞月はふき出した。母の愁子も、隣で笑っている。

〈あ、お父さん〉

はるひが顔を上げた。見ると、父の充が階段を下りてくるところだった。充は、無口だ。瑞月を見ても何も言わない。愁子が、せっつくように手を動かした。

〈瑞月に何か言ってあげてよ〉

〈あ、うん。まあ、頑張れ〉

「〈みじか！〉」

はるひが、呆れている。瑞月の気持ちが、一気に楽になった。いつもの父だ。

〈いってきます〉

みんなの〈頑張れ〉の手話に見送られて、瑞月は外に足を踏み出した。

今日の面接の場所は、やまと市民病院だった。会議室には、病院の事務局長と看護部長、それに手話通訳の人の三人が並んでいた。瑞月はつばを飲み込んで、頭を下げた。

「では、まずなぜ看護師になりたいのか、その理由を教えてください」

事務局長の言葉を、通訳者が手話に直して瑞月に伝える。

〈はい。わたしが入院した時に、手話ができる看護師さんに出会って、自分も人を元気にさせる看護師になりたいと思いました〉

まゆの顔が瑞月の目に浮かんだ。

「今年の春に卒業したということで、中途採用扱いとなりますが、現場の経験はまったくないわけですよね？」

事務局長の言葉に瑞月はうなずいた。次に看護部長がきいてきた。

「日本保健医科大学病院での実習はどのように？」

〈手話通訳が毎日ついていました〉

「でも、そこでは採用されていないのね」

瑞月は、答えに詰まった。

「あなた一人のために手話通訳をつけるのは、難しいなあ」

事務局長が腕を組む。

〈筆談や身振りなど、ほかの手段もあるので大丈夫です〉

瑞月の言葉に、看護部長が首を小さく横に振った。

「患者の声の様子など、音の情報がとても重要なんです」

「まったく耳が聞こえないとなるとねえ……」

事務局長も、ますます渋い顔になる。

〈声は聞こえなくても、患者の表情や体のしぐさのわずかな変化に気づくことはできます〉

瑞月は、きっぱりと言った。自信があるのだ。実習を思い出す。瑞月は患者をよく見てその人に合ったケアをしたと思う。まゆも、ずいぶんほめてくれた。瑞月は実習を優秀な成績で終えることができたのだ。

「でも、もし何かあったら……」

「そうですよ。患者さんの命がかかっていますからねえ」

二人が、うなずきあっている。瑞月は、瞬きもせずに二人を見つめた。気持ちが揺れているのだろう。事務局長は腕を組んで天井を見つめ、看護部長は眉をしかめて首をかしげている。瑞月は膝の上に置いた手を握りしめた。汗がうっすらとにじみ出てくるのが自分でわかった。

〈また、だめだった……〉

瑞月は、クリームがたっぷりかかったケーキにフォークを刺した。隣では、孝之が腕を組み、向かい側では佳が口をへの字に曲げていた。二人は聾学校の同級生だ。今日は久々に集まることになったのだ。苦しい時も楽しい時もいつもこのカフェに集まって、三人で悩みを打ち明けあってきた。孝之も佳も一足先に社会人として働いている。

〈看護師の国家試験受かってるのになあ、瑞月〉

孝之が、首をひねる。佳が、心配そうに眉をよせた。

〈ほかにあてはあるの?〉

〈全滅〉

瑞月は、ケーキをほおばりながら答えた。二人とも動きを止めた。

〈あー、二人ともまぶしすぎる〉

瑞月が大きなため息をつくと、孝之がすかさず手話でアピールした。

〈うわー、珍しすぎる。落ち込んでる瑞月〉

佳がふき出した。〈同じ〉という手話を見せてくる。同感と言っているのだ。

瑞月は口を尖らせた。

〈わたしだって、人並みに落ち込んだ

り悩んだりすることはあるんだから〉

フォークを握りしめた。

〈まだあきらめてないから。地方の方も考えようと思って〉

〈一人暮らしすんの？　料理できないじゃん〉

佳の言葉に孝之が首を横に振った。

〈できないんじゃなくて、下手〉

孝之はいつだって痛いところをついてくる。瑞月は、孝之を肘でつついた。佳がまた笑う。瑞月は手招きで店員を呼ぶと、メニューを広げて端から順番に指さしていった。イチゴショートにモンブラン、チーズケーキにプリンアラモード……。店員が目を丸くしている。

〈フルコンプかよ！〉

孝之の言葉に、瑞月は笑顔でうなずいた。佳がコーヒーカップを持ち上げた。

〈よし、瑞月を応援するぞ。乾杯！〉

孝之もカップを上げる。良い仲間たちだ。瑞月は笑顔で、誰よりも高くカップを持ち上げた。

時間だけがじりじりと過ぎていく。父も母も心配してくれているのが、手に取るようにわかった。でも、どうしようもなかった。

ため息の回数が目に見えて増えてきた時だ。まゆから連絡が来た。

《話があるの。病院まで出てこれる？》

《はい！》

メールにそれだけ返信して、瑞月は家を飛び出した。

病院に着くと、瑞月はあたりを見回した。日本保健医科大学病院、瑞月が入院してまゆと出会った場所、そして大学の実習をした場所だ。実習では、毎日一生懸命取り組んだ。耳が聞こえないことでこんなに悩んだことなどなかった。

廊下を歩く看護師に目が行く。自分も早く働きたいと強く思った。両手を握りしめて、瑞月は足早にまゆの待つナースステーションに向かった。

まゆは、いつもの笑顔で瑞月を迎えた。胸には、看護師・教員・桑名まゆ　という名札がかかっている。まゆは、数年前から看護師を育成する先生の仕事もしているのだ。

「〈今ね、いろいろ瑞月さんの仕事当たってみてるのよ〉」

〈ありがとうございます〉

まゆの笑顔は、瑞月の学生時代と少しも変わっていない。変わったのは、瑞月の呼び名だ。瑞月ちゃんから、瑞月さんになった。

「〈ほら、この間、瑞月さん、地方も考えているって言ってたわよね〉」

〈はい〉

「〈それで、瑞月さんに縁ある久仁木村はどうかなって思って、役場に電話したの〉」

瑞月は、思わずまゆを見つめた。

「〈試用期間を設けての検討でよければって〉」

久仁木村……。瑞月の目に父の顔が浮かんだ。久仁木村には、父方の祖母がいるのだ。

「〈大丈夫？　正直、即戦力求められるから厳しいかも〉」

〈あ、いや、祖母とはずっと疎遠なんで……。でも、診療所受けてみたいです。少しでも可能性があるなら〉

まゆがうなずいた。その時、廊下の向こうから看護実習生たちが数人歩いてきた。まゆを見て、頭を下げる。瑞月には手話であいさつをしてきた。びっくりしてまゆを見ると、笑顔が返ってきた。

「〈授業で手話言語が必須になったの。瑞月さんのおかげ〉」

瑞月は、あわてて両手を振った。

〈とんでもない〉

まゆは、瑞月が学生だった頃から手話を授業に取り入れる必要性を訴えていた。ようやく実現したのだ。瑞月の心に暖かな空気が流れたような気がした。まゆが、壁にかかった額縁を指さす。ゆっくりと手話と声で読み上げた。

「〈物事を始めるチャンスをわたしは逃さない。たとえマスタードの種のように小さな始まりでも、芽を出し根を張ることがいくらでもある〉」

ナイチンゲールの言葉だ。看護師を目指すものなら誰もが目指す白衣の天使。彼女の言葉は何度も目にしてきたはずなのに、初めてのように瑞月の心にしみ込んでくる。

「〈これも何かのチャンスよ〉」
まゆの目が額縁（がくぶち）から瑞月に移る。瑞月は、大きくうなずいた。
問題は、父の充だった。久仁木村で生まれ育ったというのに、充は村に帰ったことがない。祖母の話も、まったくしない。瑞月が幼い頃（ころ）は、なんとか祖母のことを聞き出そうといろいろ頑張（がんば）ってみた。でも、充の不機嫌（ふきげん）さに負けてあきらめてしまったのだ。今では、久仁木村と祖母の話は、平子家のタブーになっている。でも、今回はそうはいかない。瑞月の将来がかかっているのだ。話せば充も応援（おうえん）してくれるはずだ。瑞月は、両手を握（にぎ）りしめた。

家に帰ると、瑞月は充の帰りを待った。充は銀行に勤めている。同じろうの仲間もいるという話だ。

「〈お姉ちゃん、ちょっと手伝ってよ〉」

キッチンからはるひが呼びかける。母とオムライスを作っているところだ。

〈むり。わたしは食べる専門〉

はるひがくちびるを尖らせた時、充が帰ってきた。瑞月は、立ち上がって手を振った。

〈ちょっといい？　相談がある〉

充はネクタイをはずしながらうなずいた。充がソファに座ったのを見て、瑞月は話を切り出した。

〈診療所受けることにした〉

充がうなずく。ここまでは、瑞月の想定通りだ。

〈久仁木村なの〉

そう伝えたとたん、充の顔色が変わった。後ろで、愁子も動きを止めている。充

が愁子の顔を見た。愁子は、急いで首を横に振った。瑞月が前もって話していたかどうか気にしてるのだ。瑞月は母には話していなかった。一番初めに話すのは父の充だ、と決めていたのだ。

〈久仁木村だけはだめだ〉

充は厳しい目を瑞月に向けた。

〈どうして？〉

〈とにかくだめだ〉

充は立ち上がって、そのまま部屋を出て行ってしまった。瑞月が追いかける暇も、それ以上何かを話す暇もなかった。

瑞月は、ただ唖然(あぜん)として見ていることしかできなかった。

〈あーあ〉

瑞月は、思わずテーブルにつっぷした。父がいい顔をしないだろうとは思っていた。でも、これほどまでにひどく反対されるとは思わなかった。

〈あんなパパ初めてだね。そんなにおばあちゃんのこと嫌(きら)いなんだ〉

はるひが、首をかしげている。愁子は、動かないままだ。

〈わたしは行きたい〉

愁子の顔が、瑞月の方を向いた。

このままで終わらせるわけにはいかない。ここであきらめたら、一生後悔(こうかい)する。

瑞月はくちびるをかみしめた。

〈わたし、おばあちゃんとも会う。いい？〉

愁子は動かない。はるひが力なく手を動かした。

〈それ、ずっと我(わ)が家(や)のタブーだったのに〉

母の顔が、ふっと緩(ゆる)んだ。瑞月に目を向ける。

〈うん。必要とされるのが一番〉

何かをふっきったような顔だ。

〈ありがとう、お母さん〉

瑞月の言葉に、はるひが腕(うで)を組んだ。

〈でも、村に行っても、ほんとにおばあちゃんに会えるのかな〉

はるひの言う通りだった。今まで二人は祖母に一度も会ったことがないのだ。祖母の方にも、会いたくない理由があるにちがいない。愁子が瑞月を見つめながら言った。

〈お世話になってる隣(となり)のウメさんに、わたしから手紙を送っておくから〉

はるひが両手をたたく。

〈感動のご対面だね〉

そう言ってから、手を止めた。

〈ってか、ウメって誰(だれ)？〉

愁子は、はるひを見ていなかった。どこか遠くを見るような目をして、何かを考(かんが)え込(こ)んでいる。心ここにあらずという感じだ。一体何があったのか。それをはっきりさせるためにも、久仁木村に行くべきかもしれない。瑞月がはるひにうなずくと、はるひも小さくうなずき返した。

充が風呂(ふろ)から出た時、瑞月とはるひは居間からいなくなっていた。それぞれ自分の部屋に行ったのだろう。愁子が充の前に皿を置く。好物のオムライスだ。スプーンを取って口に運ぶ。これが食べられるようになったのは、充が愁子と結婚(けっこん)してからだ。

〈ウメさんに連絡してみるわ〉

充の動きが止まった。

〈だめだ！〉

〈瑞月があんなに行きたがっているのよ。わたしたちに止める権利はないわ〉

充は、皿の中のオムライスを見つめた。こんな日がいつか来るかもしれないとは思っていた。ただ実際に来てみると、考えていた以上に自分の心が揺らいでいる。

母の八重の顔が目に浮かんだ。険しい顔つきで充を見つめる顔だ。今でも胸がねじれるように痛む。愁子は、じっと充を見つめている。

〈一番苦しんだのはお前なのに〉

充は、深く息を吐いた。愁子の目が揺れている。充は、オムライスを口に入れた。

いつもより少しだけ塩辛い気がした。

第2章　久仁木村（くにきむら）へ

バスが細い道を進んでいく。窓から見えるのは、緑の木、木、木……だ。こんもりと茂る木々の間に隠れるようにして、久仁木村はある。駅からバスに乗って約二時間、瑞月はようやく久仁木村に到着した。役場前で降りたのは、瑞月一人だった。バスが土煙をたてて去っていく。あたりを見回すと、緑の木々の中に桃色の桜が綿菓子のように浮かび上がって見える。息を吸い込むと、瑞月の体が花の匂いに満たされるような気がした。

よし、行こう。

瑞月は自分に号令をかけて、小さな役場に足

を向けた。

案内されたのは、役場の片隅にある応接室だ。受付などの業務があるところと衝立一つで仕切られている狭い場所だった。壁に貼ってある村の地図に瑞月の目が引きつけられた。この村は、冨口地区、飛龍地区、天羽地区の三つに分かれているらしい。人口百二十八人のうち六十五歳以上の人が村の五十パーセントも占めている。瑞月が真剣に見ていると、衝立の向こうから女の人がやってきた。健康医療課の名札を付けた村松という人だった。瑞月があわてて立ち上がると、座るように、と促された。瑞月が座ったとたん、村松が口を開いた。

「この村は地区三つ合わせて百二十八人。六十歳以上がほとんどで……」

瑞月には何を言っているのかさっぱりわからなかった。〈書いてくれませんか？〉と、身振りで伝えてみた。村松は、耳を指さした。

「え……と、補聴器をつければ聞こえるんですよね？」

瑞月が困った顔で首を横に振ると、今度は口を大きく開けて話し出した。

「口を大きく開ければわかりますか？」

それでも、瑞月にはわからない。村松は驚いたように、口と耳を指さしている。

「言葉もまったくわからないんですか？　声も出せない？」

瑞月は、くちびるを噛んでうなずいた。村松は困った顔になって、立ち上がった。

「わかりました。また連絡します」

ドアを指さす。これで面接は終わりということだ。瑞月には何もわからないまま終わってしまった。もやもやとした気持ちが、瑞月の心にこみあげてきた。手話通訳も筆談もない面接で、どれだけ自分のことをわかってもらえるというのだろう。ため息をつきながら、瑞月は重い腰を上げた。

瑞月が役場を出ていくと、地域支援課の田辺が村松に近づいてきた。大きな目といつも笑っているような口元……明るく面倒見がいい田辺が姿を現すと、まわりの

空気が一気に和む。

「平子さんのお孫さんなんだって？　診療所の方に？」

「そうなんです。まったくしゃべれなくて。難しいかも」

「あー。じゃあ、そん時はうちの課に来てもらおうかな」

田辺の明るい声に、村松が顔をしかめる。いつも陽気で気のいい田辺に、

「会話はどうするんですか」

田辺は、近くにいた同じ課の福本を手招きした。

「福本君、君、手話できるんだよね」

「え、あ、大学の時に少し」

田辺は腕を組んで、うんうんとうなずいた。福本の肩をたたく。

「せっかく若い人が来てくれたんだし、この村に移住してくれたらいいよなあ」

福本は、何のことかわからず「はあ」とつぶやいて首をかしげた。

瑞月が役場を出ると、外の日差しが降り注いできた。日が傾くまで、まだ時間がある。瑞月の目的はまだ終わっていない。バッグの中から紙切れを取り出す。母が描いてくれた地図だ。あたりの景色と見比べると、祖母の家があるという坂はもう少し東の方にあるらしい。瑞月は地図と景色を見比べながら、歩き出した。

歩いていくにつれて家がどんどん少なくなっていく。空き家もちらほらと目につく。戸がはずれて草に埋もれそうになっている家、屋根が落ちて傾いている家……昔は林業で栄えたというが、この村は今、過疎化が進んでいるのだ。

息を切らしながら坂道を上る。突き当たりに古い家が二軒並んで建っていた。近づいてみると、手前の家に「平子」と書かれた表札が見えた。祖母の家だ。髪の短い女の人が、腰をかがめて掃き掃除をしている。瑞月を見つけると、ぱっと笑顔になった。箒を持っていない方の手で手招きする。瑞月は、おそるおそる足を進めた。

すると、女の人は箒を抱えたまま小走りで近づいてきた。瑞月は思わず立ち止まってしまった。女の人が、口を大きく動かす。

「瑞月ちゃんか？　ウメじゃ。う・め」

この人は、祖母ではなかったのだ。瑞月は、バッグの中からクロッキー帳を取り出した。急いで字を書いてウメに見せる。

《母から聞いています。お世話になります》

「瑞月ちゃん、かわいいのお」

ウメが、目を細めてつぶやいた。瑞月が首をかしげると、ウメは、瑞月の顔を指さしてグーサインを出した。それから瑞月の手をつかむと、隣の家まで引っ張っていった。

階段を上がって、部屋のドアを開ける。壁いっぱいにヒーロー戦隊のポスターがかかっていた。野球のバットが壁に立てかけてあって、本棚には漫画の本がずらりと並んでいる。ウメが身振り手振りで伝えようとしている。

「息子が使ってた部屋じゃ。ごちゃごちゃしとるけど、ずっと使っていいから」

瑞月が笑顔でうなずくと、ウメは安心したようにほほ笑んだ。ふと顔に影がさす。

「八重ちゃん、だいぶ弱ってきてな。瑞月ちゃん、よう来てくれた」

ウメの言葉は瑞月にはよくわからなかった。ただ、ウメが一生懸命伝えようとしてくれているのがうれしくて、瑞月は笑顔を見せた。

「あんたの目、きらきらしとる」

感心したように言うと、ウメはすぐにまた笑顔になって瑞月の肩をたたいた。外を指さす。いよいよ瑞月が祖母に会う時が来たのだ。

祖母の八重は、ベッドで体を起こし、本を読んでいるところだった。瑞月はおそるおそる部屋に足を踏み入れた。

「八重ちゃん、瑞月ちゃん来たよ」

ウメの声に、八重は顔をこわばらせた。瑞月はベッドに近づいて、頭を下げた。

〈あ、あの、おばあちゃん、こんにちは〉

身振り手振りで伝えると、八重はちらっと瑞月の方を見た。でも、すぐにまた本に目を戻してしまった。瑞月は、あわててクロッキー帳を取り出した。

《こんにちは》

八重は、目を向けてもくれない。きれいな人だと思った。大きな目とすっと高い鼻、父に似ているのは、小さな口元かもしれない。

「八重ちゃん、何か言ってあげなよ」

ウメの声にも、八重は動かない。瑞月に声は聞こえないけれど、八重が自分を歓迎していないことはわかる。八重は手元の本をにらめつけるように見つめている。

瑞月は、どうしていいかわからなかった。ただそこにたたずんで、八重の姿を見て

いることしかできなかった。
瑞月と八重の初めての対面は、どんよりとした暗いものになってしまった。ベッドの横にある仏壇の中で、祖父の写真が静かにほほ笑んでいた。

その日から、瑞月はウメの家で寝泊まりさせてもらうことになった。八重は寝たきりというわけではなさそうだった。疲れやすいらしく、少し起きてはベッドに入る、という生活をしているようだ。ごはんが作れないので、毎日ウメが作っ

ている。それを八重の家で一緒に食べているということだ。瑞月も仲間に入れてもらうことにした。

部屋に寝転んで天井を見上げる。ウメの息子が使っていたという部屋は、昔の日本映画に出てくるような感じだった。畳の床に木の壁、木製の机には、瑞月の知らないキャラクターのシールが貼ってある。たくさんのポスターがじっと見つめてくるようだ。八重の姿が、瑞月の目に浮かんできた。歓迎されないかもしれない、とは思っていた。でも、あそこまでかたくなに拒まれるとは思っていなかった。何か大きな出来事があったのかもしれない。八重が心を閉ざすような何かが……。瑞月は、寝返りを打った。窓から星が見える。思わず立ち上がって、窓に駆け寄った。ものすごい数の星が見える。ビーズを空いっぱいにばら撒いたかのように、きらきらと光っている。それを見ているうちに、瑞月は自分の気持ちが落ち着いてくるのがわかった。

大丈夫だ。毎日顔を合わせていたら、きっと八重の心に近づける。仕事も、なんとかなるはずだ。

〈頑張るよ〉

瑞月は、空いっぱいの星たちに宣言した。

次の日、瑞月が向かったのは久仁木村の診療所だった。面接を兼ねた実地研修として働くことになったのだ。健康医療課の村松が、瑞月の働く様子を見ることになっている。

診療所は、バス停のそばにあった。お年寄りが通いやすくするためだろう。こぢんまりとした診療所は、一目でよいところだとわかった。整理された待合室、磨き込まれた床、受付には小さな野の花が飾られている。医師の笹原は、ゆったりと優しい雰囲気を漂わせていた。ペンを手に取ると、笹原は手慣れたようすで、

《よろしくね》と書いて瑞月に見せた。瑞月は大きくうなずいた。

時間は、あっという間に過ぎていった。患者が次から次へとやってくる。ほとんどがお年寄りだ。腰や膝が痛い、目がしょぼしょぼする、息苦しい、風邪気味だ……。どんな訴えも、笹原は笑みを浮かべながらうんうんと聞いていた。優しいだけではない。瑞月への指示も的確だった。耳の聞こえない瑞月にも正確に伝わるように、素早く一つ一つのことを伝えてくる。瑞月は無駄なく動くことができた。ただ一つできなかったのは、電話に出ることだ。笹原は、患者を診ている最中だった。電話が鳴ったことに瑞月は気づかなかった。笹原が瑞月に患者を指さす。瑞月が患者に向かうと、笹原は急いで受話器を手に取った。そこで初めて、瑞月は電話が鳴っていたことに気づいたのだ。村松が、クリップボードに書き込みながら瑞月を見ている。瑞月は、患者の腰をさすり始めた。顔をしかめていた患者がだんだん柔らかい表情になり、笑顔を見せるようになった。瑞月は患者の顔をのぞき込みながら、腰をさすり続けた。

その日、瑞月は診療所で夜まで働いた。ウメの家に帰ってきた時には、心地よい疲れが体中にまとわりついていた。やっぱり看護の仕事が好きだ、と瑞月は思った。

あの診療所で働くことができたら、どんなにうれしいだろう。でも、村松がどう判断したのかわからない。ナイチンゲールの言葉が浮かび上がってくる。

《物事を始めるチャンスをわたしは逃さない。たとえマスタードの種のように小さな始まりでも、芽を出し根を張ることがいくらでもある》

自分が見つけた小さな始まりはどうなるのだろう、と思った。芽を出すのか、それとも枯れてしまうのか。せっかくつかみかけた小さなチャンスだ。なんとか生かしたい。

　ぼんやり考えていると、ドアが開いた。ウメの顔がのぞく。

「ばんごはん」

　口を大きく開けて、身振りで教えてくれた。瑞月は、笑顔でうなずいた。

　八重の家は、ウメの家と同じ間取りだ。一階には居間と台所、寝室があり、二階には部屋が二つある。父は、二階の部屋を使っていたのだろう。見たいと思ったが、そんなことを言い出せるような雰囲気ではなかった。

　夕食を取っている間も、八重は瑞月に何も言わなかった。目も向けない。しゃべっているのはウメだけだった。身振り手振りで話すウメに、瑞月も同じように答える。八重は、ただうつむいてもくもくとごはんを口に入れていた。

　ウメがいれたお茶を飲みながら、瑞月は窓辺に目を向けた。植木鉢が並んでいる。淡いピンク色の花が、鉢からこぼれ落ちそうに咲いている。

〈花、きれいですね〉

瑞月は植木鉢を指さして八重を見た。八重は、前を向いたまま動かない。瑞月は、クロッキー帳に書いて、八重に見せた。八重は見ようともしない。瑞月はクロッキー帳を握りしめたまま動けなくなった。見るに見かねたのか、ウメが声を出した。

「八重ちゃん、花、きれいだってよ」

瑞月の真似をして〈きれい〉という手話をやってみせる。八重は、目を背けたまだ。ウメが、口をへの字にする。それから突然向きを変えて瑞月を見た。

「瑞月ちゃん、充はどうしてるの?」

そのとたん、八重の顔つきが変わった。何を聞かれたかわからない瑞月に、ウメはさらさらと文字を書いてみせた。

《充はどうしてるの?》

瑞月は、八重の方を見た。固い顔で、前を向いている。そうだったのか、と思っ

た。八重は父のことが気になっているのだ。瑞月は、ウメと八重二人にわかるように手話と身振りで答えた。

〈元気です〉

ウメは小さくうなずいた。それ以上父の名前は出なかった。話を逸らせるようにスマホを取り出す。瑞月に身振りで伝える。

「息子が買ってくれた。文字、大きくできる？」

瑞月はうなずいて、スマホを受け取った。こんなことは朝飯前だ。文字のサイズを変えて差し出すと、ウメは大げさなくらい喜んだ。

「ひゃー、やっぱり若い人がいると助かるなあ、八重ちゃん」

そう言いながら八重を見る。八重は、また無表情に戻っていた。ウメが、瑞月に目を移す。

「息子、独身、バツイチ、役場勤務。瑞月ちゃん、どう？」

瑞月が首をかしげると、「む・す・こ」と口を大きく開けた。そして、両手でバツ印を作った。瑞月は思わず笑ってしまった。意味はわからないが、ウメの顔があまりにもおかしかったのだ。ウメも笑う。この明るさに瑞月は救われるような気がした。八重は動かない。見ているのがつらくなってきて、瑞月は立ち上がった。食器を片付け始める。

「瑞月ちゃんの手話ってかわいいな。表情コロコロして」

ほほ笑むウメに、八重は低い声でつぶやいた。

「ウメ……充の話はもうしないで」

絞り出すような声だった。

瑞月は、二人の様子を見ながら小さくため息をついた。

次の日、瑞月を更に落ち込ませる出来事が待っていた。村松から、役場に呼ばれ

たのだ。診療所（しんりょうじょ）での研修の結果を知らせてくれるらしい。応接室では、村松と職員が一人待っていた。村松の言葉を書き取って、瑞月に伝えるためだ。早速（さっそく）村松が、話し始めた。

「《看護師として、医師のサポートはできているようです》」

瑞月は、職員が書いた文字を目で追う。ホッとしながら、うなずいた。

「《耳のことは事前に伺（うかが）ってはいたんですが》」

村松は言葉を切って、瑞月にチラッと目を向けた。それから、また職員に目を戻（もど）した。

「《受付とか電話対応は、やはり難しいようですね》」

瑞月は、思わず村松を見つめてしまった。

「《患者（かんじゃ）さんとのコミュニケーションも……》」

そして、最後の言葉が一行書かれた。

「《今回は見送りということで》」

紙に書かれた文字が目に刺さってくるようだった。瑞月は村松に頭を下げた。それしかできなかった。

どうやって役場を出たのか、覚えていなかった。気がつくと、なだらかな坂道を歩いていた。日が沈むところで、あたりは一面オレンジ色に染まっていた。瑞月の体まで同じ色に溶けてしまいそうだ。道の端に目が引きつけられた。花が揺れている。小さくてかわいらしい花……八重の家にあったのと同じ花だ。瑞月は、ふらふらとその花に近づいた。しゃがみ込んで見ると、花は、何かを語りかけているかのように揺れている。

《患者さんとのコミュニケーションも……》

村松の言葉がよみがえった。花の言葉はわからない。でも、患者とは言葉以外の

方法でコミュニケーションがとれると思っていた。自分の思い上がりだったのだろうか……。瑞月がいくら花を見つめても、答えは返ってこなかった。

その夜、瑞月は寝付けなかった。何度も寝返りを打って、うとうとしてはすぐに目が覚めた。

どうしたらいいんだろう……。診療所に採用されなかったのだから、瑞月がこの村にいる必要はもうない。でも、このまま帰るわけにはいかない。八重のことが、まだ何もわかっていないのだ。なぜ父と疎遠になってしまったのか。なぜ瑞月をこまでかたくなに拒絶するのか。それを知るまでこの村にいたい。

考えているうちに日が昇ってきた。カーテン越しに光が差し込んでくる。起き上がる気になれず、瑞月は朝日を浴びたカーテンをぼんやりと見つめていた。

その時、突然、部屋のドアが開いた。

「瑞月ちゃん！」

ウメが顔を出す。瑞月は、あわてて起き上がった。

「役場から電話があってな！」

ウメが、興奮している。瑞月があっけに取られて見ていると、ウメは、ニヤリと笑って、ピースサインを見せた。


ウメがくれたメモには、役場から連絡が来たと書いてあった。瑞月は、とりあえず役場への道を急いだ。

役場に着くと、昨日とはちがう部屋に案内された。「地域支援課」と書いてある。医療とは関係のない課だ。部屋の中を見回していると、ドアが開いた。男の人が二人、入ってくる。一人は中年の人で胸元に「地域支援課　田辺」と名札がついている。もう一人は、瑞月より少し年上だろうか。目元が優しそうな青年だった。

〈観光復興課の福本です〉

男の人が、手話で話しかけてきた。それを見たとたん、瑞月の気持ちが弾（はず）んだ。

〈こっちに来て初めて手話を見ましたよ〉

手話で返すと、福本はあたふたし始めた。

「彼（かれ）、手話が堪能（たんのう）で通訳してもらいますね」

田辺がニコニコ笑いながら、福本を見る。福本は「え？」と目を丸くした。田辺は手話は少しかじった程度だった。通訳できる自信などまったくなかった。あせる福本に構わず、田辺は話し続ける。

「平子さんには、ここで協力隊として働いてもらいたい」

福本が手話で説明しようとしているが、瑞月にはわからなかった。

「我々も協力隊を迎（むか）えるのは初めてなんです。是非（ぜひ）、平子さんにはこの村を元気にしていただきたいです」

福本は、手話をあきらめてペンで書き始めた。断片的だったが、なんとか瑞月にも伝わった。

《この村で働けるんですね》

瑞月の言葉を、福本がぎこちなく田辺に伝える。田辺が大きくうなずいた。

「村の人たちの話し相手になったり、草むしり、買い物の手伝いとか、空き家の片付け、健康相談とかもお願いしたいです」

福本が必死に書き続けて瑞月に見せる。瑞月もうなずきながら紙に書いた。

《久仁木村という患者を元気にすればいいんですね》

「そう！　それで、たくさんの人に移住してもらいたい！」

田辺が両手をたたいた。

確かに、この村は過疎化している。このままでは、すたれていく一方だろう。

瑞月はうなずいた。すると、田辺が福本の肩をいきおいよくたたいた。

「何かあれば、彼(かれ)が全面的にサポートしてくれるから」

福本は「え？」と顔をこわばらせた。田辺は、涼(すず)しい顔で、

「そうそう部屋のポスター捨てていいからね」

と、紙に書いた。部屋のポスター？　なんのことだろう。田辺がニヤリと笑う。

瑞月は首をひねった。この笑い方、誰(だれ)かに似ている……。

はっとした。ウメだ。そういえば、ウメの苗字(みょうじ)も田辺だった。

《息子(むすこ)》

瑞月が紙に書いて見せると、田辺が笑いながらうなずいた。瑞月の顔にも笑(え)みが浮(う)かんだ。帰ったら、ウメに報告しなければならない。

〈息子(むすこ)さんに会いましたよ。ウメさんそっくりのあったかい人でしたよ。そう伝えよう。〉

ウメの照れる顔が目に浮(う)かぶ。田辺は、ウメそっくりの目で瑞月を見ていた。

応接室を出て、瑞月は大きく息を吐いた。やっぱり少し緊張していたらしい。見送りに出てきた福本に手話で話しかける。

〈あー、でもよかった。手話ができる人がいて〉

うれしそうな瑞月を見て、福本は肩をすくめた。

〈あ、あの、あまり期待されても……〉

手話は、初心者の域を出ていないのだ。瑞月は、廊下で足を止めた。壁のポスターが目に入ったのだ。色とりどりの花に囲まれた福本がポスターに写っている。《花の村久仁木村》という字の横に、福本のふきだしの形で《この村をもう一度花いっぱいに》と書かれてある。

〈花の村ってすてきですね〉

瑞月が振り向くと、福本はまだ困った顔のままで悩んでいた。

〈ぼくは、サポートもあまりできないかもしれないけど〉

ずっと考えていたのだろう。

〈わたし一人でも大丈夫です〉

瑞月の言葉に、ようやく福本の顔から力が抜けた。

〈最初のあいさつまわりは一緒に行きます〉

福本がぎこちない笑顔を見せた。よっぽど困っていたにちがいない。瑞月は、申し訳ない気持ちになった。

〈ありがとうございます。それじゃ、また〉

瑞月が手を振ると、福本は律儀に頭を深く下げてきた。


家に着くと、瑞月は早速ウメに就職のことを報告した。ウメは、両手をたたいて大喜びしてくれた。笑顔が息子に似ていて、親子ってすごいな、と感心してしまった。喜んでくれたウメとは反対に、八重の反応は冷たいものだった。就職の報告をしても無表情でなんの反応もない。この村に来てから八重はまだ一度も瑞月をまっすぐ見ていない。無口で不愛想、父と八重は、そこが似ているのかもしれない。

〈これは？〉

画面の向こうで、はるひが紺のジャージを持ち上げる。

〈うん、それ送って。ジャージは、上下三枚入れて〉

〈了解。あと、必要な服は？〉

〈ええと……〉

瑞月は、タブレットを前に考え込んだ。画面の向こうでは、はるひが瑞月の部屋のクローゼットから、次々と服を取り出している。とりあえず必要なものを送ってもらうことにしたのだ。

〈ベージュのジャンパーと……あ、マニキュアも送ってもらおうかな〉

〈わかった。お姉ちゃんのお気に入りのマニキュアだね〉

はるひの後ろを充が通りすぎた。

〈さっさと帰ってくればいいんだ！〉

画面からはずれたところで、言い捨てる。はるひが、眉をしかめた。

〈お父さん、自分で言いなよ〉

はるひがタブレットを動かす。突然、充の顔がアップで映った。充はびっくりした顔で、瑞月を見ている。瑞月は黙って父の顔を見つめた。

〈……帰ってきたらいい〉

うつむき加減に伝えてきた。瑞月は、ゆっくり首を横に振る。

〈帰らないよ。このまま帰るわけにはいかない〉

充は顔を上げて、瑞月を見つめた。やっぱり口元が八重に似ている。

〈……お前のために言っているんだ〉

そう言うなり、充の姿は画面から消えた。代わりにはるひと母が、顔を出した。

〈お母さん、わたしのためってどういうこと？〉

母は答えない。少し疲れたような顔で、瑞月を見ている。父と八重、二人の間に何があったのか母もきっと知っているのだ。瑞月にはよっぽど知られたくないことらしい。

〈お母さん、大丈夫だよ。わたし頑張るよ〉

瑞月の言葉に、愁子はかすかにほほ笑んだ。隣で、はるひが大きな動きで、

〈頑張れ、頑張れ！〉

と、何度も繰り返しているのが見えた。

第3章　地域協力隊

瑞月の仕事が始まった。

初日の今日は、福本と一緒に村の人たちの家をまわることになっている。まず瑞月の顔を覚えてもらうこと、そして村の人たちがそれぞれ何を望んでいるのか、瑞月が知ることが目的だ。

どんな人たちに会えるのだろう。自分にできることは何でもしていきたい。

期待がふくらんで、瑞月は朝からそわそわしていた。何かせずにはいられなくなって、朝食を作ることにした。

〈今日から、朝ごはんはわたしが作ります〉

瑞月が宣言すると、ウメは顔をくしゃっとほころばせた。

卵焼きに納豆、ホウレンソウのおひたしと味噌汁。瑞月にしては頑張ったつもりだった。

ウメは、にこにこしながら一口ずつ口に入れている。八重は、相変わらず何も言

わずにもくもくと食べている。

「朝ごはん、瑞月ちゃんが作ってくれるって。ええ子じゃないか」

ウメの言葉に何も答えず、八重は箸を置いた。どうだった？と聞きたい気持ちをおさえて、瑞月は片付けにとりかかった。見ると、八重のお椀に味噌汁が残っている。豆腐とわかめを入れたが、嫌いだったのだろうか？　首をかしげて、ウメのお椀を見ると、ウメも残している。

（あれ？）

目を向けると、ウメが口元をすぼめていた。

「瑞月ちゃん、これはさすがに……」

ウメがつぶやく。瑞月は、お椀に口をつけてみた。

（うわっ！）

ものすごく塩辛かった。これは食べられるものではない。どうしてこんな味になってしまったのだろう。少しは家で作る手伝いをしておくべきだった。
〈ウメさん、作り方教えて〉
身振り手振りで訴えると、ウメが笑いながらOKサインを出した。

今日はもうこれ以上の失敗はしないはずだ。瑞月は、張り切って役場に向かった。
〈おはようございます！〉
瑞月が勢いよく頭を下げると、福本が目をぱちぱちさせた。
〈ずいぶん元気だね〉
〈はい。やる気満々です〉
福本は、苦笑いしながら出口を指さした。
〈じゃ、行こうか〉
〈はい！〉

瑞月は、福本の後をいそいそと追いかけた。

最初に二人が向かったのは、古い大きな家だった。家というよりお屋敷といった方がふさわしい建物だ。重厚な門構えに大きな庭、中に入ると土間があり、かまどまでついていた。映画でしか見たことがないような家だ。

〈ここに、医者の栄沢さんという人が住んでいたんだ。十年ほど前に亡くなって、今は空き家になってしまった〉

見回すと、長い間使われていないのが

よくわかった。障子は破れ、小上がりには段ボール箱や紙袋が無造作に置いてある。それでも、広々として見えるくらい大きな部屋だ。

〈こういう空き家が、村にはたくさんあるんだ。少しずつ片付けていきたいと思っているので、よろしくたのむね〉

瑞月はうなずいて、壁を見つめた。小学生くらいの女の子の写真が数枚、ピンでとめられている。その横には、クレヨンで描かれた鮮やかな色の絵が貼ってあった。

『わたしの夢はケーキ屋さん』

絵の下に書いてある字がほほ笑ましくて、瑞月は思わず笑ってしまった。この家には、こんな家族がいて確かな生活があったのだ。

〈この家、すぐ住める感じ〉

福本がうなずく。

〈空き家を何か再利用できないか考えててね〉

確かにこんな空き家がたくさんあるのなら、もったいない。何かに再利用する方法があるはずだ。そのためにも、少しずつ片付けていくのが瑞月の仕事なのだ。考(かんが)え込(こ)んでいると、福本に肩(かた)をたたかれた。

〈じゃあ、地区会長にあいさつに行こうか〉

瑞月はうなずいて、土間(どま)に向かった。

次に行ったのは、古い藁(わら)ぶき屋根の家だった。地区会長は猪口(いのぐち)という人だった。福本が玄関(げんかん)で声をかけると、戸がゆっくり開いた。出てきたのは、気難しそうな顔をした男の人だった。年は七十歳(さい)を過ぎているくらいだろう。日に焼けた紅茶色の顔にくっきりとしわが刻まれている。福本が協力隊のことを説明すると、猪口は顔のしわを深くした。

「はあ？　なんだ、協力隊って。役場もまた訳のわからんことを」

瑞月は、あわてて頭を下げてからクロッキー帳を取り出した。

《協力隊の平子瑞月です》

この文は絶対に使うと思って、前もって書いておいたのだ。猪口は、ますます眉をしかめた。

「あ、彼女、耳が……」

福本が説明すると、猪口は驚いた顔で瑞月を見た。

「孫も聞こえんのか」

平子と聞いて、猪口には八重の孫だということがすぐにわかった。充のことを思い出す。耳が聞こえず、いつも苦しそうだった。その娘まで耳が聞こえないとは……。

「何か困ったことがあれば彼女に……」

「こんななんもねえ村で村おこしって言われてもな」

猪口は福本の話を遮ると、顔をしかめたまま、ドアを閉めた。福本が小さく肩をすくめた。

〈次の家に行こうか〉

〈はい〉

瑞月は大きくうなずいた。


次に行ったのは、卵農家の加古川家だった。ここも古い家だ。中で生活してきた人たちの時間が漂っているようだ。中から出てきたのは、この家に住む敏江だった。八重より少し若いくらいに見える。優しそうな人だ。福本が瑞月を紹介すると、敏江は頭を下げた。

「うちは細々と卵作っとる」

敏江のつぶやきは、瑞月にはわからなかった。クロッキー帳を取り出して、ペンで書いてほしいと身振りで伝える。

「え、なんて？　もっと大きい声出しとくれ」

敏江は耳に手を当てて瑞月に近づいた。瑞月は、あわてて両手でバツ印を作った。

敏江の目が丸くなる。

「なんや、あんた声出せんのか」

瑞月がもう一度ペンを差し出そうとした時、玄関前に軽トラックが止まった。中から大きなケースを抱えた男の人が降りてきた。夫の次郎だ。ケースには、卵がぎっしり詰まっている。次郎は福本に軽く頭を下げてから、ケースを置いた。

「協力隊だってよ」

敏江の言葉に、福本が前に出る。

「そうなんです。皆さんのニーズに合わせてお手伝いさせていただいて」

福本が協力隊のことを説明し始める。

「ようわからんけど、まあ、聞こえんのになあ」

敏江がしみじみとつぶやいた時、瑞月は部屋の奥に人がいるのに気づいた。すりガラスの向こうから顔がのぞいている。ピンクのリボンで長い髪を結んでいる。瑞月が手を振ると、びっくりしたように動きを止めた。この家の一人娘、リュウ子だった。車いすに乗っている。敏江が顔をしかめた。

「向こうに行ってなさい」

リュウ子の顔が引っ込んだ。瑞月はガラス戸の向こうから目が離せなかった。

〈かわいらしい方ですね〉

敏江が驚いて瑞月を見た。

「かわいい……って」

敏江は面食らった。そんなことを言われたのは初めてだった。リュウ子は生まれつき骨がうまく形成されない骨形成不全症だ。身長は百センチ足らずで、ちょっとした刺激でもすぐに骨折してしまう。そのため外に出ず、車いすに乗ったまま一日中家の中で過ごしている。敏江と次郎にとって守っていかなければならない大切な娘なのだ。

瑞月の笑顔に、敏江は困惑して目をそらした。

その日最後に行ったのは、芦村家だった。大きな古い家で、そばには小さな畑とビニールハウスがあった。奥さんの美恵子が二人を出迎えてくれた。瑞月は福本と一緒に頭を下げる。すると、美恵子が〈初めまして〉と手話であいさつをしてきた。

〈手話ができるんですか?〉

瑞月は思わず美恵子に近寄ってしまった。

〈ほかにろう者がいるなんてうれしいです〉

美恵子は、ニコニコと笑いながらうなずいてくれた。白い髪が夕日を受けて光っ

ている。

〈ここはね、主人の実家で昔花を作っていたの〉

美恵子の目の先にある畑には、何も植えられていない。土の塊があるだけだ。夫の利三郎は、居間の座椅子に座り、その土だけの畑を眺めている。

〈はじめまして。協力隊の平子瑞月です〉

頭を下げたが、利三郎は瑞月を見てくれない。顔は、畑の方を向いたままだ。八重のように何か怒っているんだろうか、と一瞬思った。でもちがう。利三郎の体全体からにじみ出ているのは怒りではなく悲しみだ。美恵子がゆっくり手を動かす。

〈糖尿病でね、耳だけじゃなく目も見えなくなってきて〉

瑞月は、息を飲んだ。そういわれてみると、利三郎は薄茶色のサングラスをかけている。美恵子は、触手話で利三郎に話している。触手話というのは、触りながら話す手話のことだ。

〈役場から新しい人が来たわよ。瑞月さんっていう人よ〉

利三郎の手に触れながら話す美恵子の動きは優しかった。

〈主人は昔から花が大好きでね。花農家を継ぐつもりだったの。でも耳が聞こえないせいでいろいろあって若い頃に村を出たのよ。今は目も見えなくなってしまってね。生まれ育った村で静かに余生を過ごしたいって、六十年ぶりに戻ってきたの〉

美恵子は、利三郎を柔らかな目で見つ

める。利三郎の見えない目は畑の方を向いたままだ。瑞月は息が苦しくなった。ろうの美恵子と盲ろうの利三郎……年を取ってからこの小さな村に戻ってくるには、どれほど大きな覚悟が必要だっただろう。

利三郎の目には、今、自分にしか見えない花が見えているのかもしれない。せめて花の匂いだけでもかいでもらえたら、利三郎の顔に笑みが浮かぶかもしれない。

瑞月は、利三郎と一緒に花のない畑に目を凝らした。

瑞月のあいさつまわりが終わった。改めて感じたのは、この村の平均年齢の高さだ。うかうかしてはいられないと思った。何もしなければ、この美しい村は消滅してしまいそうだ。だからこそ、瑞月は村の協力隊として雇われたのだと思う。自分にできることはなんだろう。看護師の知識を生かして、そして村の人のためになること……。

（そうだ！）

カードを作ろう、と思った。村の人たちの健康相談のカードを手作りするのだ。健康についてききたいことや困っていることを書いてもらう。瑞月が答えられる範囲で返事を書き込んで、渡せばいい。

瑞月は、早速役場のパソコンを使ってカードを作成することにした。

〈何やってるの？〉

福本が近づいてきた。

〈カードを作ろうと思って〉

〈カード？〉

〈はい！　見ててくださいね〉

相談事を書き込むスペースを大きく取って、隅に自分の顔のイラストを描いた。一言だけ自己紹介文をつける。カードの名前は、《なんでも健康診断》だ。

〈どうですか？〉
福本に見せる。
〈う……ん〉
福本が答えに詰まっていると、田辺がのぞき込んできた。
「おお、いいねえ」
田辺が瑞月の肩をたたく。
〈頑張ります！〉
瑞月の言葉に、田辺はうなずきながら離れていった。
〈本当に大丈夫？〉
福本がきいてくる。
〈うん！　学生の時もこれでうまくいったんですよ〉
大学に通っている時、耳の聞こえる人たちと瑞月との会話はもっぱら筆談だった。

小さなニュアンスのちがいがどうしても伝わらない時、手作りのカードにずいぶん助けられたのだ。

〈きっとうまくいきます！〉

〈やる気満々だなあ〉

福本は心配そうだ。

〈はい！　昔からよく言われます〉

福本が苦笑いして、小さく息を吐(は)いた。

次に瑞月が取り組んだのは、村の人たちの情報収集だ。ウメに協力してもらって、徹底的(てっていてき)に調べることにした。
夕食の後、瑞月はテーブルに村の地図を広げた。役場から借りてきたものだ。久
仁木村は、富口地区、飛龍地区、天羽地区の三つの地区から成り立っている。富口

地区は久仁木村の中心となっている地区で、役場や診療所もここにある。地区会長の猪口や卵農家の加古川の家があるのもこの地区だ。

天羽地区は、昔は花を作る農家がたくさんあったらしい。今はそれがすたれてきたため、空き家が目立つようになった。芦村の家はこの地区にある。

そして、八重やウメの家があるのが飛龍地区。林業がさかんだったという話だが、今はすっかり静かになってしまった。祖父も、林業の仕事についていたらしい。

ウメは、スマホを取り出した。字を打ち込んで、瑞月に説明するつもりらしかった。瑞月は、ウメのスマホと地図を交互に見て確かめることにした。

《ここが猪口の家。猪口は昔花農家でな》

瑞月は思わず笑ってしまった。猪口のごつい顔ときれいな花が結び付かなかったのだ。地図の猪口家の場所に、「花」と書き入れた。

《加古川の家は卵農家、芦村は昔花農家だった》

ウメの言葉にうなずきながら、瑞月は地図に一つ一つ情報を書き込んでいった。

そういえば、あの家……。

瑞月は、この間福本と行った大きな空き家のことを思い出した。あの家は、何をしていたところなのだろう。写真に撮っていたはずだ。スマホを取り出して、空き家の写真をウメに見せる。

《ああ、これは、栄沢先生の家だ。お医者さんだ》

そこまでの字をスマホに打ち込むと、疲れたのだろう。スマホをテーブルの上に置いた。縁側に目を向ける。八重が、植木鉢に水をやっているところだった。相変わらず瑞月の方は見向きもしない。

「充は昔、体が弱くてなあ」

ウメが、さらりと言った。《充病弱》と書いて瑞月に見せる。

「八重ちゃんは充を乗せて、必死に自転車をこいで病院に通ったもんよ」

ウメは身振り手振りをつけて説明し始めた。瑞月は、うまく想像できなかった。

〈そういえば……〉

瑞月は、栄沢家にあった写真のことを思い出した。ポケットから写真を取り出して、ウメに見せる。見たとたん、ウメは笑顔になった。

「孫のひかりちゃん。最後の、この村の最後の赤ちゃん」

それから、ウメの身振りは更に大きくなった。

「おぎゃー！　おぎゃー！　取り上げたのは、わしじゃ」

自分を指さして、ふんぞり返る。瑞月はふき出してしまった。

「パテなんとからしい。ケーキ職人」

〈へえ〉

ここに写っている小さな女の子がケーキ職人になったということは、ずいぶん年月がたっているのだ。ひかりは、村に戻ってくる気はないのだろうか。

〈村でカフェってありかも〉

瑞月がペンで書くと、ウメがうんうんと首を縦に振った。

「最近結婚してな。住む場所を探しているらしい」

〈結婚〉

瑞月は結婚の手話をウメに見せた。親指と小指を寄り添わせる手話、瑞月が好きな言葉の一つだ。ウメは、「ほお」と感心しながら真似してみせた。瑞月の目に、一つの映像が浮かび上がった。あの大きな古民家がカフェになって、たくさんの人が集まっている景色だ。コーヒーの香ばしい匂いとケーキの甘い香りが、カフェいっぱいに広がっている。そして、中と外にはさまざまな色の花があふれるように咲いているのだ。

〈ひかりさんにここに来てもらおう！〉

瑞月は思わずこぶしを握りしめた。

「それはいいな。じゃあ、これ」

ウメは、瑞月の手に光るものを乗せた。鍵だ。ウメを見ると、ペダルをこぐ真似をしている。自転車の鍵らしい。ウメは、グッドと親指を立てた。

自転車は、年代物だった。色がはげていて、ところどころに錆が浮き出ている。

「ほれ、これもつけて」

ウメから渡されたのは、白いヘルメットだ。横の方に、マジックで「充」と書いてある。

〈これ……〉

ウメは、何も言わずにニヤッと笑った。

父が使っていたものなら、古いのは当たり前だ。それでも、村中を歩いてまわることを考えたら、自転車の方がずっと便利だ。瑞月は、ありがたく使わせてもらうことにした。

第4章　村の人々

次の日から、瑞月は早速自転車で村をまわることにした。ヘルメットをかぶってペダルに足をかける。

重い……。

錆びたチェーンは、スムーズに動かない。足に力を入れてこぐ。今日から、村の人たちにポストカードを配る予定だ。自転車で全部まわれるだろうか。こいでいると、ひたいに汗が噴き出てきた。明日は絶対に筋肉痛だと思いながらペダルに力をこめた。

最初に向かったのは、猪口の家だ。渋い顔でドアを閉められるのは覚悟の上だった。その前に、忘れてはいけないことがある。瑞月は、道の途中にあるポストの前で自転車を止めた。かごの中に入れてあった手紙を取り出す。宛先は、川井ひかり、この村最後の赤ちゃんだ。戻ってきてほしいという願いをこめて手紙を書いてみたのだ。書いている間中、瑞月の目には古民家カフェが見えるような気がしていた。

ひかりさんの心に届きますように……。
願いをこめて、ポストに入れた。
よし、行こう。
瑞月は、自転車の向きを変えた。

猪口家のドアは、鍵がかかっていなかった。そっとのぞいてみるが誰も見えない。ドアをたたいてみても、出てくる気配もない。留守だとしたら、ずいぶん不用心だ。
瑞月は、部屋の方にまわってガラス戸からのぞいてみた。雑然とした部屋の中が見える。こげ茶色のちゃぶ台、開いて伏せてある雑誌、壁には古びた写真がかかっていて、棚の上には薬の袋が無造作に置かれている。その奥に、猪口が寝そべっていた。瑞月は、ガラス戸をたたいてみた。猪口が動かなければ、診療所に連絡してみるつもりだった。目を見開いて見ていると、猪口はごろりと向きを変えて瑞月を見た。目が細くなる。

「うるせえなあ」

瑞月は、急いで頭を下げる。

「あんた一人で来られてもなあ」

猪口は、不機嫌そうにつぶやいた。瑞月は、クロッキー帳を取り出した。

《薬飲んでますか？》

猪口は口を尖らせた。向こうを向いてしまう前に、ポストカードを渡す。猪口は、チラッと見ただけで床に置いた。

「無駄だよ。ただ死にゆくだけだ」

つぶやいた言葉は瑞月にはわからない。

《何かできることありますか？》

そう書くと、猪口は大きくため息をついた。壁の方を向いてしまう。肩をたたこ

うとしたら、猪口の右手が上がった。壁の写真を指さす。お祭りの写真だろうか。白っぽい法被を着た人が数人写っている。手に持っているのは、お供え物のようだ。

「じゃあ、昔のようにしてくれよ」

猪口の言葉に瑞月は首をかしげた。クロッキー帳を渡そうとすると、猪口に手で払われた。もう一度突き出す。猪口は、しぶしぶペンを取った。

《にぎやか》

紙いっぱいにでかでかとそれだけ書くと、また後ろを向いて寝転んでしまった。

にぎやか……。

瑞月はその文字をじっと見つめた。あの写真の時は、にぎやかだったのだろうか。猪口は、その頃に戻りたいのかもしれない。寝転んだ猪口の背中が、寂しいと訴えているような気がする。瑞月は息をひそめて静かにガラス戸を閉めた。

次に向かったのは、卵農家の加古川家だ。瑞月は、この家のリュウ子のことが気になっていた。今日も会えるといいなと思いながら、玄関のチャイムを押した。誰も出てこない。あきらめようとした時、部屋の奥からリュウ子の顔がのぞいた。瑞月が手を振ると、ビクッとして顔を引っ込めた。それから、またひょっこり顔を出した。瑞月は笑いをこらえながら、手招きをする。リュウ子は、おそるおそる近づいてきた。かなり人見知りなのかもしれない。瑞月は、ポストカードを取り出してリュウ子に渡した。書いてほしいと身振りで伝える。リュウ子は黙ってカードを見つめている。

《ご両親は？》

クロッキー帳に書いて見せると、リュウ子は、何かつぶやきながらペンを持とうとした。でも、力が入らないのか、ペンが落ちて床にころがった。リュウ子は外を指さした。

《出かけてるの？》

瑞月の言葉にうなずく。

《ニワトリ小屋？》

リュウ子は、ほっとしたように小さくほほ笑（え）んだ。

ニワトリ小屋に行ってみると、夫婦（ふうふ）は小屋の掃除（そうじ）をしているところだった。たくさんのニワトリが小屋の中を行ったり来たりしている。瑞月は二人にあいさつをして、ポストカードを渡（わた）した。敏江は、腰（こし）に手を当てている。

「いたた……」

《お手伝いしましょうか》

瑞月がクロッキー帳を見せると、敏江はとんでもないというように手を振（ふ）った。

手は腰（こし）に当てたままだ。次郎の口が動く。

「手伝ってもらえ」

そういうと、瑞月を手招きした。瑞月は張り切ってニワトリ小屋の中に足を踏(ふ)み入(い)れた。次郎が、スコップを渡(わた)してくれる。これを使って、小屋の床(ゆか)に敷(し)いてあるぬかを交換(こうかん)するらしい。スコップをぬかに突(つ)き刺(さ)した。そのとたん、ニワトリたちが騒(さわ)ぎ始めた。瑞月を怪(あや)しい侵入者(しんにゅうしゃ)だと思ったのだろう。羽をバタバタッと動かしながら、忙(いそが)しく動きまわる。その上、ぬかは思ったよりもずっと重い。瑞月はスコップを持ったままよろけてしまった。次郎が、急いで支えてくれる。

「無理しなくていい」

〈大丈夫です！〉

瑞月は、ガッツポーズを作ってスコップを持ち直した。ニワトリは相変わらず、せわしく動きまわっている。敏江が、半分呆れたような顔で瑞月を見ていた。


作業がひと段落してから、次の家に向かった。花農家だった芦村家だ。美恵子と利三郎は、縁側で畑を見ていた。

〈こんにちは〉

顔を出すと、美恵子の目が瑞月の膝にくぎ付けになった。

〈あらあら〉

見ると、泥がこびりついている。瑞月はあわてて泥をはらった。

〈たくさんお仕事してきたのね〉

答えようがなくて、瑞月は笑いながら肩(かた)をすくめてしまった。美恵子が、利三郎の手を取る。

〈瑞月ちゃんが来てくれてるわ〉

触手話(しょくしゅわ)が優(やさ)しい。

〈こんにちは。遊びに来ました〉

瑞月も、利三郎の手を取った。

〈何か手伝えることありますか〉

触手話(しょくしゅわ)で伝えると、利三郎はゆっくり手を引いた。瑞月は美恵子さんの方を向いた。

〈話さない方がいいんでしょうか？〉

〈恥(は)ずかしいのよ〉

美恵子は、くすくす笑っている。瑞月はポストカードを取り出した。

〈これ。心配なことがあったら、なんでも書いてください〉

ポストカードに目を通すと、美恵子はうなずいた。

〈いい仕事してるわね〉

〈いえ……なかなかみんなに受け入れてもらえなくて〉

ついこぼしてしまった。

〈それはね、焦らずにね〉

美恵子の目が、利三郎に移る。

〈一人一人に寄り添っていけばいいのよ〉

瑞月も利三郎を見つめる。音も光もない世界で、利三郎はひっそりと生きている。恐ろしいほどの孤独だろう。それを救っているのは、まちがいなく美恵子の愛情だ。

自分は、どうだろう。美恵子の何百分の一かでも人に寄り添うことができるのだろうか。八重の横顔が浮かぶ。まだまだだと思った。しなくてはならないことがたくさんある。美恵子の言うように、焦らずゆっくりと取り組んでいくしかない。

土だけの畑に目を向ける。色のない寂しい畑だった。


その日の夜、瑞月はもう一度村の地図を広げた。もっと情報を集める必要があると思ったのだ。それぞれの家の仕事はわかった。でも、家族のことや今までの歩みを知らなければ、寄り添うこともできない。まず、八重に聞いてみることにした。

〈みんなのこと、教えてください〉

瑞月は、加古川家を指さした。八重は相変わらず黙ったままだ。窓の方を見て、動こうともしない。見るに見かねてウメが地図をのぞき込んできた。

「一人娘を大事にしてな。家から出さずにおるんじゃ。まあ、敏江なりに娘を守ろうとしているんだろうけど」

そこで初めて瑞月はリュウ子の病気のことを知った。骨の病気でとても骨がもろ

いこと。今まで何度も骨折し、くしゃみをしただけで折れてしまうこともあったそうだ。

だからリュウ子は、いつも家にいるのだ。ウメはペンを持って書き始めた。

「そうそう、充は卵嫌いでな」

八重の肩がビクッと動いた。

「ウメ！」

ウメは構わず書き続ける。

「《八重ちゃんは、なんとか食べさせようとして大変だった。八重ちゃんも必死に守ってた。愛情を持って》」

ウメの字が乱れていく。八重は立ち上がって、ベッドの方に歩き出した。

「《聞こえる子と同じように充を育てて》」

八重は、ベッドに座り毛糸をほぐし始めた。瑞月は、クロッキー帳を見つめた。

聞こえる子と同じように育てる、というのはどういう意味なのだろう。瑞月は、ウメの手からペンを取った。
《もっとお父さんのことを知りたい》
そう書いて、八重に見せる。八重はこわばった顔で目をそらした。それ以上聞くことはできなかった。でも、ウメの言葉でわかったことがある。八重は、父のことを嫌っているわけではない。愛情を持って一生懸命育てていたのだ。どこかですれちがった歯車が、今は空回りしているのだろう。このままではいけない、と瑞月は思った。何かしなければ、父のことも八重のこともわからないままだ。焦らずにね、という美恵子の言葉がふいに浮かぶ。瑞月は目を閉じて、その言葉をかみしめた。
夜が深くなっていく。久仁木村の夜は、東京よりもずっと濃い。いろんな人の思いが暗闇に溶けて流れていくようだった。

次の朝、瑞月は布団とスーツケースを抱えてウメの前に立った。

〈ウメさん、今までお世話になりました〉

ウメに頭を下げる。なんだかお嫁に行く時のあいさつみたいになってしまった。

瑞月が家を出ると、ウメがいそいそと後をついてきた。瑞月が向かったのは隣、八重が住む家だった。

八重は、まだベッドの中にいた。瑞月が入っていくと、目を丸くして起き上がった。瑞月は、クロッキー帳を見せる。

《おばあちゃん、これからお世話になります》

瑞月は八重の家に住まわせてもらおうと決心したのだ。ウメの家にいると、いつまでたっても八重に近づくことができない。一緒に住んで毎日顔を合わせていたら、八重との距離も縮まると思ったのだ。

八重は、なんのことかわからないようだった。少し乱暴な手段ではあるけれど、仕方がない。瑞月は、スーツケースの中から服を取り出してハンガーにかけ始めた。

あっけにとられている八重を見て、ウメはふき出した。

〈これからごはんは全部わたしが作るね〉

言ってしまってから、瑞月は少し不安になった。ハードルを上げすぎただろうか。

でも、ウメを見たら、不安が吹き飛んだ。両手で大きくマルを作っている。

「ウメ、どうなってるの？」

八重が咎めるようにウメを見た。ウメが近づく。

「瑞月ちゃん、何も聞かされていないみたいだよ」

八重の動きが止まる。

「今は瑞月ちゃんだけを見てあげたら？」

八重は、思わず瑞月に目を向けた。瑞月は、八重を見てほほ笑んでいるところ

だった。

八重は、朝起きると一番に掃除をする。瑞月が目を覚ました時には、もう雑巾がけをしていた。瑞月もあわてて起きだして、ハタキをかける。八重は、瑞月を無視したままだ。それでも追い出されないということは、受け入れてくれたのだと、瑞月は思うことにした。瑞月はあくびをこらえながら、二階に上がった。部屋の戸を開けたとたん、眠気が吹き飛んだ。そこは父の部屋だった。父が家を出てずいぶん時間がたつというのに、きれいに掃除されている。机にいす、テニスのラケット……瑞月の目を引いたのは、それぞれのものに貼られた古いラベルだった。机には《つくえ》、いすには《いす》とひらがなで書かれている。壁には、発音訓練一覧表と書かれた表が貼ってあった。口の開け方やのどの開き具合がイラストされたものだ。棚の上にあるのは、箱型の古い補聴器だ。瑞月にはなじみのないものばかりだった。充は瑞月とはちがう教育を受けてきたのだ。瑞月は幼い頃から手話を学んできた。でも、充は発声訓練をし補聴器をつけて学んだのだ。少しでも聞こえる子に近づけるように。

ラベルが迫ってくる気がする。瑞月は息が苦しくなって、静かに戸を閉めた。

その日、瑞月はまっすぐ栄沢家に向かった。毎日少しずつ片付けているせいで、大きなお屋敷はかなりきれいになってきた。手をかけると、家はだんだん生き返ってくる。福本が、様子を見にやってきた。中に入って目を丸くする。

〈すごい。きれいになったね〉

瑞月は胸を張ってうなずいた。

〈わたし、ひかりさんに手紙を書いたの。この村に移住してきませんかって〉

壁に貼ってある絵を見ながら伝えると、福本が腕を組んだ。

〈うーん。子どもの頃の夢ってだけで呼び戻すのは、さすがに難しいかなあ〉

福本の言うことはわかる。瑞月は、部屋の隅に置いてある段ボールを開けた。中には、ひかりの書いた作文や絵が入っている。そこには、ケーキ屋さんになりたいという夢があふれていた。

〈空き家を片付けてると、住んでた人の思いが伝わってきて〉

福本が、絵を一枚手に取った。ショートケーキを持った女の子の絵が描いてある。真っ赤なイチゴが鮮やかだ。

〈この家、観光客の民泊用にとか考えてたんだけど〉

〈うん。でも、移住してもらうのもありかな〉

ひかりが移住してくれたら、この家が喜びそうな気がする。

〈最後の赤ちゃん、故郷に戻る！〉

そうなったら、どんなにいいだろう。

〈福本さん、この写真、どこかわかる？〉

瑞月は、一枚の写真を指さした。猪口のところにもあったものだ。法被（はっぴ）を着た村の人たちが写っている。後ろには、大きな岩が見えていた。

〈ああ、ここか〉

〈わかるの？〉

〈わかるよ。行ってみるかい？〉

瑞月は、勢いよくうなずいた。


福本が連れて行ってくれたのは、高台にある神社だった。久仁木村にたった一つしかない古い神社だ。村道の端（はし）から伸（の）びている長い階段が境内（けいだい）に続いていた。

〈岩は、この先にある〉

福本の言葉にうなずいて、瑞月は汗（あせ）をぬぐった。小さいが、重厚（じゅうこう）なたたずまいの神社だ。歴史がぎっしりと詰まっているのを感じる。

〈あの写真はね、花懸け祭りのものだよ。赤ちゃんの健康と花の繁栄を祈る伝統行事。今は、やっていないけどね〉

瑞月が思った通りだ。やっぱり祭りの写真だったのだ。猪口が書いた《にぎやか》という字は、祭りのにぎやかさのことだったにちがいない。

〈こっちこっち〉

福本が手招きしたのは、古い倉庫だった。窓からのぞいてみると、大きな行李が見えた。

〈あそこに祭りの道具が入っているらしい〉

瑞月は、扉に手をかけた。鍵がかかっているのか、びくともしない。

〈ここの鍵は猪口会長が持ってる〉

瑞月は、扉から手を離した。

〈祭りを復活させるのはどう？〉

〈いや。赤ちゃんと花がないと〉

福本は両手でバツの形を作った。確かに花の繁栄と赤ちゃんの健康を祈るのだから、赤ちゃんがいなければ話にならない。今の久仁木村では無理だ。

もう一度窓から中をのぞいた。道具が眠っているのに活かせないのは、ひどく残念だ。

〈そろそろ行こうか〉

福本の言葉にうなずいて、瑞月は倉庫に背を向けた。

花懸け祭り、にぎやか、猪口さん……三つの言葉が、瑞月の頭の中でぐるぐるとまわっていた。

玄関の戸を閉めると、瑞月の口からため息が出た。八重の家に移って今日で三日。

相変わらず、八重は瑞月には目も向けてくれない。花懸(はなが)け祭りのことを聞いてみても、やっぱり答えは返ってこなかった。

（焦(あせ)らない、焦(あせ)らない）

自分に言い聞かせて、自転車にまたがる。充の自転車は、今日も瑞月を乗せてゆっくり走りだした。

猪口家に着くと、瑞月はまっすぐに縁側(えんがわ)の方に向かった。ガラス戸からのぞく。猪口は一人で将棋(しょうぎ)を指しているところだった。ガラス戸をたたく。猪口は、面倒(めんどう)くさそうに戸を開けた。

「そこは玄関(げんかん)じゃねえつーの」

ブツブツつぶやいているけれど、瑞月は気にならなかった。床(ゆか)にこの間渡(わた)したポストカードが落ちている。拾おうとしてやめた。これから書いてくれるかもしれない。しかめっつらの猪口に瑞月はクロッキー帳を見せた。

《高脂血症は自分でも症状がわかりづらい病気です。でも、薬を飲み続けることによって、コレステロールを下げることが大切です。ですから薬は、毎日同じ時間にちゃんと飲んでくださいね》

〈薬はちゃんと飲みましょう〉

瑞月の言葉に、猪口はうるさそうに手を振った。

「ほっといてくれ」

瑞月はペンを手に取った。

《花懸け祭りのこと、教えてください》

瑞月の文字を見て、猪口は眉を寄せた。

「はあ？　なんで？」

話を聞くまで、瑞月は帰らないつもりだった。畳の床に座り込んだ瑞月に、猪口は大げさに息を吐いた。それからペンを取った。

　花懸(はなが)け祭りは、久仁木村に昔から伝わる伝統的な祭りだ。生まれて一年未満の赤ちゃんとその年に咲(さ)いた花の美しいものを集めて祝う。村の中から代表を数人選び、三方(さんぼう)と呼ばれる台に花びらを乗せ神に感謝をささげる。その花びらを赤ちゃんに振(ふ)りかけて、清めるのだ。

　猪口が書いてくれた切れぎれの文をつなぎ合わせて、花懸(はなが)け祭りがどういうものか大体理解できた。そして、瑞月の中でこの祭りを復活させたいという思いが、ますます強くなってきた。村はどんなに活気づくだろう。猪口も元気を出してくれるはずだ。そう思って猪口を見ると、心ここにあらずという感じで写真を見ていた。写っているのは猪口のような気がする。

もっと聞きたい思いを飲み込んで、瑞月は頭を下げた。

〈ありがとうございました！〉

猪口は眉をしかめて戸を閉めた。


そのままいつものように芦村家に向かう。

〈いらっしゃい、瑞月ちゃん〉

美恵子が手話で迎えてくれた。瑞月はホッとして座り込んでしまいそうになった。

〈はい、これ。お願いしますね〉

美恵子が差し出したのは、ポストカードだった。相談事が書いてある。

《最近息切れとむくみがひどいみたいです。糖尿病のせいでしょうか》

返事をしようとしたら、美恵子に止められた。

〈あとでゆっくり返事を書いて頂戴ね〉

〈はい。そうします〉

瑞月はポシェットの中に、カードをしまった。美恵子は、利三郎に瑞月の訪問を伝えている。利三郎は、相変わらず縁側に座って、畑の方を向いていた。

〈こんにちは〉

瑞月は利三郎の手を取ってみた。そのまま動かずにいてくれる。瑞月は、ゆっくり話しかけてみた。

〈わたし、花が大好きなんです〉

利三郎は、首をかしげた。

〈昔、この辺りは花だらけだったと聞きました〉

瑞月の触手話に利三郎が小さくうなずいた。

〈うちは村で一番大きな花農家だった〉

初めて利三郎が話してくれた。瑞月の気持ちがポッと明るくなる。

〈どんな花を作っていたんですか?〉

〈いろいろ作ってたな。祭りの花もうちが作ってた〉

〈へえ〉

花懸け祭りに使われていたのは、利三郎の家の花だったのだ。

〈花はもう作らないんですか〉

利三郎の顔に影がさした。

〈……もう見えないからな〉

そう言うと、瑞月から静かに手を放そうとした。瑞月は、その手にそっと自分の手を置いた。

〈じゃあ、教えてください〉

利三郎の動きが止まる。
〈わたし、花作りを習いたいです〉
利三郎は、見えない目を瑞月に向けた。返事はない。目を凝らして何かをじっと見つめているようだった。

瑞月と八重の距離は、なかなか縮まらなかった。今日も八重は、うつむいたまま黙って朝食を取っている。今日のメニューは魚の煮つけとポテトサラダだ。

〈ごめん。ちょっとしょっぱかったかも〉

瑞月は、魚の皿を指さしてジェスチャーで伝えてみた。八重はチラッと目を向けただけで何も言わない。黙って食べ続ける。八重のまわりに分厚い殻がかぶさっているみたいだ。瑞月がいくら外からたたいても割れない固い殻。必要なのは、力なのか根性なのか、瑞月にはわからない。その時、殻で思い出した。瑞月は、クロッキー帳を取り出した。オムライスの絵が描いてある。

〈これ、お父さんの大好物なの〉

見せると、八重の箸が止まった。父のことになると、八重は反応してくれる。

〈今度オムライス作るね〉

瑞月が身振りで伝えようとしたけれど、八重は見ようとしない。

《やっぱり手話はいや？》

瑞月が思い切って質問しても、八重は何も答えない。お茶をすすっている。殻は固い。繰り返し繰り返したたき続けるしかないと思った。

〈ごちそうさま〉

瑞月は、箸を置いて立ち上がった。

モニターの向こうで、母が卵を割りほぐしている。

〈空気が入るように混ぜます〉

時々手を止めて説明してくれる。瑞月は、母にオムライスの作り方を教わっているところだ。カメラを向けて協力しているのは、はるひだ。懐かしい東京の家のキッチンが映っている。

〈卵をフライパンに入れます〉

メモを取りながら瑞月はうなずいた。フライパンの中で卵はふわふわと動きながらかたまっていく。

〈ごはんを乗せてひっくりかえして、できあがり。どう?〉

思わず拍手をしてしまった。つやつやの卵に真っ赤なケチャップ、瑞月ののどがゴクリと鳴った。作り方はわかった。あとは、瑞月がうまく作れるかどうかだ。

〈これでいい?〉

はるひの言葉にうなずいてから、瑞月は言った。

〈お父さんに代わって〉

カメラが動いて、充の顔が映し出された。ちょっとびっくりしたような顔をしている。いつものように、ビールを飲んでいたのだろう。手には、グラスが見える。

〈お父さん、おばあちゃんはそんなに厳しかったの？〉

〈なんだよ、突然(とつぜん)〉

〈だから会いたくないの？〉

充は、グラスを置いた。

〈お父さんの部屋見たの〉

充は、グラスを見つめている。静かに首を振(ふ)ると、ゆっくり手を動かした。

〈親子にはいろんな距離(きょり)の取り方がある〉

顔を上げて、瑞月を見る。

〈おれと母さんはこれでいいんだ〉

そういうと、グラスを持ってビールを飲んだ。瑞月は、瞬(まばた)きもしないで充を見つめた。これでいいのなら、父はどうしてあんなにつらそうなんだろう。

〈お父さん……〉

瑞月が話しかけようとしたら、画面がプツンと消えた。暗い画面の向こうで、沈(しず)んだ顔の充がビールを飲む姿が見えるようだった。

第5章　心の雲

季節が動いていく。木々の緑が、日に日に濃くなるのがわかる。緑の風を吸い込みながら、瑞月はペダルを動かしていた。毎日こうやって村をまわるのが日課になった。瑞月は、村の人たちの顔を見て、あいさつしたり仕事を手伝ったりする。それからポストカードを集める。最初は何も書いてくれなかった村の人たちが、最近はずいぶん書いてくれるようになった。ポストカードを手に取るたびに、瑞月の心にうれしさがこみあげてくる。

今日最初に向かったのは、加古川家だ。顔を出しているうちに、敏江と次郎はぽつぽつと話をしてくれるようになった。時々、ニワトリの世話もさせてくれる。敏江がいつも腰をおさえているのが瑞月は気になっていた。

自転車を止めて家のチャイムを鳴らす。誰も出てこない。あきらめて行こうとしたら、リュウ子の影が見えた。奥の方から、こわごわと顔をのぞかせている。瑞月がほほ笑んで手を振ると、リュウ子の顔に笑みが浮かんだ。

瑞月は、バッグの中から指文字表を取り出した。五十音を手の形でどう表すかを表にしたものだ。これを使うと、リュウ子と話ができると思ったのだ。リュウ子に表を渡(わた)すと、受け取ってじっと見つめている。気に入らなかったかなと瑞月が心配になった時、リュウ子が顔を上げた。

「ありがとう」

リュウ子の指が指文字表の上を滑(すべ)りだした。

〈あ・り・が・と・う〉

瑞月は大きくうなずいた。これからは、これを使って話ができる。リュウ子が、はにかむようにほほ笑(え)んだ。

瑞月がニワトリ小屋に向かうと、敏江と次郎はいつものように忙(いそが)しく働いているところだった。

〈こんにちは〉

瑞月は、腕まくりをして早速手伝いを開始した。バケツを並べていると、次郎が餌の袋を指さした。

「そこそこ」

そして、次に小屋の脇を指さす。瑞月はうなずいて、袋を持ち上げた。結構重い。よろめきながら小屋の戸を開けて中に入る。そのとたん、ニワトリたちが鳴きながら一斉に瑞月に近づいていった。すごい勢いだ。羽ばたきをしながら押し寄せてくるのだ。足がすくんだ。

「はい、こっちこっち」

次郎が瑞月の腕をつかんで小屋の外に引っ張った。

（……助かった）

瑞月が顔を上げると、次郎が笑いをこらえていた。

「大丈夫（だいじょうぶ）か？」

〈ニワトリにモテちゃいました〉

瑞月がジェスチャーで伝えると、次郎がふき出した。次郎が小屋の脇（わき）に餌（えさ）を置いてほしいといったのを、瑞月は小屋の中に入れるのと勘違（かんちが）いしてしまったのだ。こういうミスを瑞月はよくしてしまう。耳が聞こえないせいなのか、そそっかしい性格のせいなのか、自分でもわからない。

「手伝わんでもいいのに」

敏江がつぶやく。

「いいじゃないか。ニワトリも喜んどる」

次郎が笑いながら答えた。瑞月に目を向けると、膝（ひざ）まで泥（どろ）をつけながら真剣（しんけん）な顔で働いている。不思議な子だ、と次郎（じろう）は思った。この子が来ると、まわりの空気が明るくなる。

次郎はほほ笑みながらスコップを手に取った。
小屋の中では、ニワトリたちが羽をばたつかせながら餌に群がっていた。

村の小道を瑞月の自転車が走る。加古川家を出てから、瑞月は数軒の家をまわった。高齢者が多いこの村では、みんなどことなく寂し気だ。話したり笑ったりする機会がもっとあればいいのに、と瑞月は思った。協力隊で何かできることはないだろうか。

そんなことを考えながら瑞月は自転車をこいでいた。軽トラックが通りかかって、すぐそばで止まる。中で手を振(ふ)っていたのは、福本だった。瑞月は、自転車のかごの中からポストカードの束を取り上げてみせた。福本が目を丸くする。

〈よかったじゃん！〉

瑞月は、ガッツポーズをしてみせた。それから提案した。

〈みんながにぎやかに集まる場所、作りたい〉

〈ああ……〉

福本は、あいまいに笑いながら目を泳がせた。

〈じゃあ、早速(さっそく)計画してみるね〉

瑞月は、ペダルに力を入れた。後ろで、福本が心配そうに見守っていた。

瑞月は、その日から親睦会(しんぼくかい)を計画し始めた。集まるのは、村の人たちの仕事がない時間帯、場所は神社の境内、食べ物と飲み物も必要だ。瑞月の頭に、たくさんの人たちが集まって笑顔で話をする姿が浮かんできた。敏江や次郎、猪口、美恵子や利三郎、リュウ子も来られたらきっと楽しい。

瑞月はワクワクしてきた。遠足の準備をしているみたいだ。

役場のパソコンで、案内状も作った。

『くにきむら親睦会

ひさしぶりに久仁木村民みんなの近況報告も兼ねたいと思い親睦会を企画しました。和気あいあいと楽しめる時間が過ごせればと思います。是非是非ご参加ください。

日時　五月二九日　一九時から

場所　久仁木神社境内

久仁木村役場　地域協力隊

平子瑞月』

イラストも忘れずにつけた。福本が、隣の席からチラチラと見ている。通りかかった田辺が、のぞき込む。瑞月は、プリントしたばかりのチラシを一枚手渡した。

「くにきむら親睦会か。いいねえ」

田辺は、瑞月を見て親指を立てた。

〈頑張ります！〉

瑞月の言葉にうなずきながら、田辺が歩いて行く。明るい性格はウメにそっくりだ。瑞月は、福本に向き直った。

〈食べ物はウメさんが用意してくれるって〉

親睦会の話をしたら、ウメは大喜びした。食べ物の準備は任せてと胸を張って言ってくれたのだ。福本は、腕を組んで考えている。

〈パイプいすは十脚くらいでいいよね〉

瑞月は、首を横に振った。

〈十五脚？〉

もう一度首を横に振る。福本の目が大きくなった。瑞月が、手を大きく動かす。

〈もっともっと〉

〈ええー！〉

福本が考え込む。瑞月は笑いながら、カレンダーの親睦会予定日に、大きくマル印をつけた。


それからの数日間は、目まぐるしく過ぎた。親睦会のポスターを目立つところに貼らなければならない。役場の玄関、地区の掲示板、それからお店にも貼らせてもらった。チラシは、それぞれの家に配って歩いている。瑞月は、あわただしく帰宅して夕食を作り、後片付けをする。それからが、ポストカードの返事を書く時間だ。

カードに書かれた健康相談の内容はさまざまで、瑞月は時間をかけてじっくり取り組むことにしていた。大学で学んだことが、今こんな風に役立っているのが不思議でありがたかった。まゆの笑顔が浮かぶ。

〈これも何かのチャンスよ〉

ナイチンゲールの言葉を指さしながら伝えてくれたまゆ。心に浮かんだまゆの姿にうなずきながら、瑞月は返事を書き続けていた。

その日も、瑞月はポストカードに向き合っていた。八重は寝てしまい、家の中には夜の空気が立ち込めていた。突然縁側の障子が開いて、ウメの顔がのぞいた。いそいそと瑞月のそばに座ると、身振りで説明し始めた。

「ひかりちゃんから電話があってな」

瑞月は、体を乗り出した。

「カフェで村を元気にっていうのに惹かれたって」

ウメがうれしそうに話し続ける。

「ひかりちゃん、今度来てみたいって」

〈来るの？〉

「うん！」

〈やったー！〉

瑞月が両手を上げる。ウメも真似をしている。思い切って手紙を書いてみてよかったと、瑞月は思った。これから、ますます忙しくなりそうだ。

隣の部屋では、目を覚ました八重が、布団の中から静かに二人を見ていた。

次の日も、瑞月はチラシ配りから仕事を始めた。最初に行ったのは、猪口家だ。

〈こんにちは〉

自転車を止めて縁側からのぞくと、猪口がかごを編んでいる姿が見えた。相変わ

らず仏頂面をして手を動かしている。瑞月を見ると、ますます渋い顔になった。

「なんだ、また来たのか」

瑞月がチラシを差し出すと、しぶしぶ受け取った。眺めているうちに、口の端がゆがんできた。そのままチラシを床に置く。

「こんなの集まるわけねえだろ」

吐き捨てるように言うと、作業に戻ってしまった。瑞月は、クロッキー帳を取り出した。

《村人二人増えるかもです》

猪口の手が止まった。

「誰だ？」

《ひかりさん夫婦》

「ええ？　栄沢先生とこの？　本当か！」

猪口の顔にパッと光が差したように見えた。写真を見上げて、まぶしそうに目を細める。写真は、赤ちゃんだったひかりを祝う花懸(はなが)け祭りのものだったのだ。猪口の目に、ひかりの顔が浮(う)かんでいた。猪口にとって、ひかりは孫のような存在だった。妻に先立たれてふさぎ込(こ)んでしまいがちな時に、生きる希望を与(あた)えてくれたのがひかりだ。猪口はひかりの成長を楽しみに毎日過ごしていたのだ。あのかわいいひかりが帰ってくるかもしれない。猪口は、思い出の中に入り込(こ)んで動かなくなった。

瑞月は猪口の邪魔(じゃま)をしないように、そっと戸を閉めて外に出た。

次に瑞月は加古川家に向かった。チャイムを鳴らすと、すぐにリュウ子が出てきた。手には指文字表を持っている。瑞月を待っていてくれたらしい。瑞月は、リュウ子にチラシを渡(わた)した。

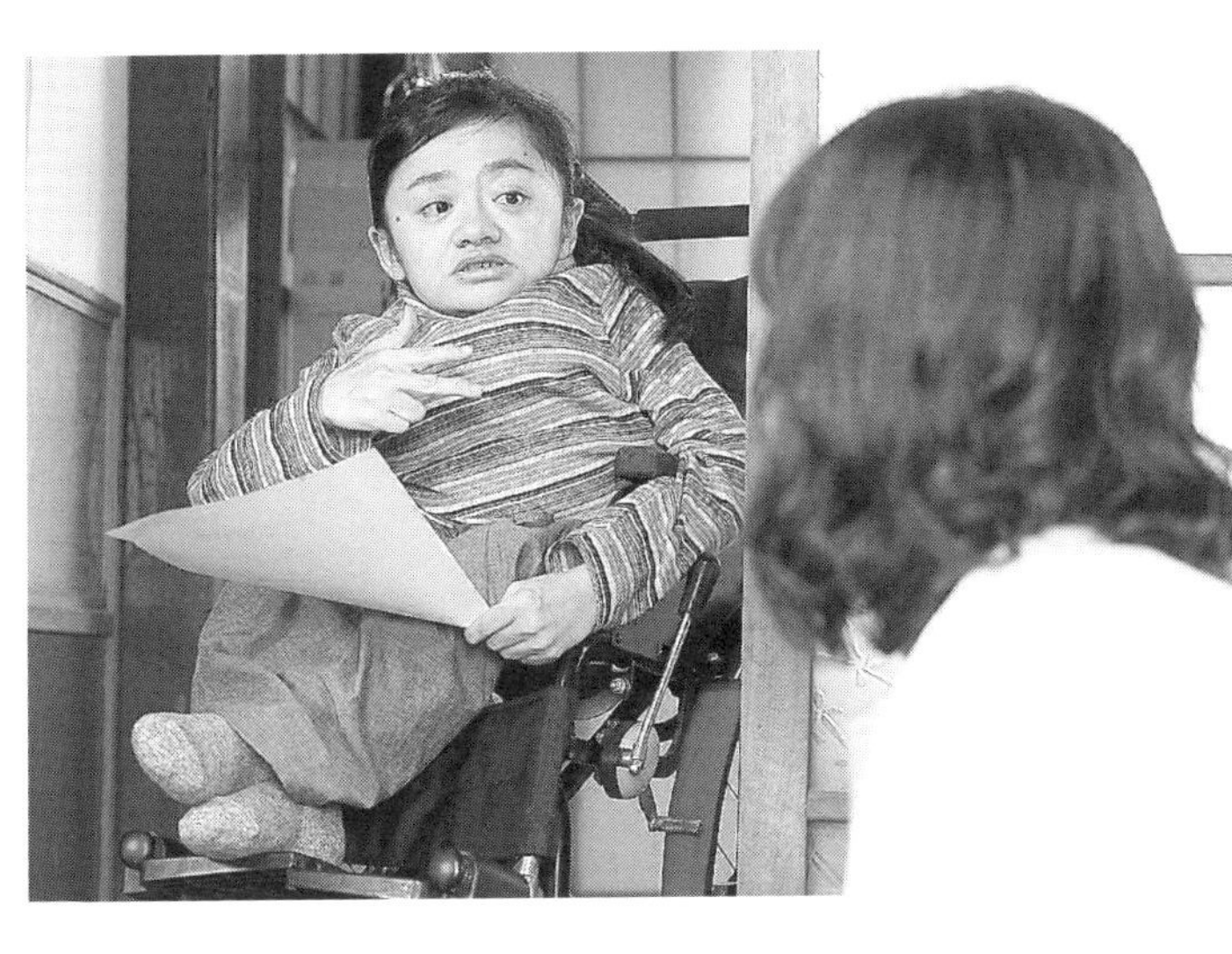

〈リュウ子さんも来てね〉

リュウ子に手招きして見せると、リュウ子の指が指文字表の上を動く。

「い・き・た・い」

瑞月は、うれしくなってうなずいた。

でも、リュウ子の顔は曇（くも）っている。

「でも、無理」

指文字表の上の指は、

「う・ら・や・ま・し・い」

と、動いた。リュウ子の生活は、静かで変化がないものだ。毎日家から出ないで、車（くるま）いすの上で過ごす生活。会うのは、両親だけだ。リュウ子の病気を心配して、敏江と次郎は一人娘（ひとりむすめ）のリュウ子を大事に家から出さずに育ててきた。リュウ子は、ありがたいと思っている。心から感謝もしている。それでも時々、外の空気を思いっきり吸いたくなる。瑞月のようにどこにでも自由に行けたら、どんなに楽しいだろう。

「誘（さそ）ってくれてありがとう」

リュウ子は力の弱い手を動かして〈ありがとう〉と手話で言った。目が寂（さび）しそうに揺（ゆ）れている。

「もっと手話覚えたい。話したい」

瑞月がうなずいた時だ。リュウ子の顔色が変わった。車（くるま）いすを少し後ずさりさせる。瑞月が振（ふ）り返（かえ）ると、後ろに敏江と次郎が並んで立っていた。瑞月は頭を下げて、チラシを手渡（てわた）した。次郎が、チラシを見てリュウ子に目を向ける。

「連れて行くか?」

「だめよ。また骨折でもしたらどうすんの」

敏江が首を横に振る。リュウ子は、肩を落として車いすの向きを変えた。そのまま中に入ってしまう。

瑞月は、小さく会釈をして玄関を出た。雲が垂れ込めている。雨になるかもしれない。瑞月は息を一つ吸い込んでから、自転車のハンドルに手をかけた。


ひかりが村にやってくる日が来た。

瑞月はゆっくり寝ていられなかった。朝食もそこそこに家を飛び出して、まっすぐ栄沢家に行く。それから、掃除の仕上げにとりかかった。壁から天井までしっかり埃を払い、畳も拭き上げる。家は生まれ変わったようにきれいになった。ここを見て、ひかりがどんな反応をするか楽しみだった。自分が生まれ育った家だ。きっと喜んでくれるにちがいない。

瑞月が部屋を見回していると、戸が開いた。最初に顔を出したのは福本だ。その後に女の人と男の人の姿が見えた。ひかりと夫の修だった。ひかりは、大きなお腹が重そうだ。

「こちら、平子瑞月さんです」

福本の言葉に瑞月が頭を下げようとした。すると、ひかりが瑞月に近づき、勢いよくハグをした。

「ありがとう！　もうね、瑞月ちゃんには感謝してるの！」

かなり早口でしゃべっている。瑞月は目をぱちぱちさせることしかできなかった。

「お腹が大きくなるにつれて移住を考えるようになってね。瑞月ちゃんの手紙が背中を押してくれたっていうかさ。とにかく見るだけでもって来ちゃったの」

瑞月から体を離すと、ひかりは大きなお腹を両手でなでながら話し続ける。ひかりの横で、修は黙ってニコニコとほほ笑んでいる。ひかりの言うこと全部を受け止

めているようだった。

「あ、あの、早速家の中を見ていただいて」

福本が、部屋に案内する。ひかりはようやく話すのをやめて、中に足を踏み入れた。そのとたん、「わあ、懐かしい！」と歓声をあげた。花懸け祭りの写真に駆け寄っていく。瑞月は、福本の横に移動した。

〈ひかりさん、なんて言ってたの？〉

福本は、困ったように肩をすくめた。

〈あー、えーと、まとめると……〉

〈まとめないで、全部教えてよ〉

福本は、しどろもどろになりながら説明した。瑞月の心にじわじわとうれしさが広がっていった。

ひかりは隣の部屋を見回している。

「あ、この部屋いいじゃん。はい、修ちゃんの木工作家部屋に決定」

修はうれしそうにうなずいている。瑞月は、福本を肘でつついた。

〈なんて言ってるの?〉

〈あ、ご主人、木工作家なんだって〉

〈へえ〉

瑞月は、改めて二人を眺めた。パティシエと木工作家、なんてすてきなんだろう。

二人とも、夢を作り出す仕事だ。

部屋の中を見てまわり、二人は居間に戻ってきた。机の上に瑞月がまとめておいた絵を、ひかりが見つける。うれしそうに手に取って修に見せた。

「懐かしい！　わたしが描いた似顔絵。これがおじいちゃん。これは親ね」

次に取り出したのは、笑顔の男の人の絵だった。太い眉毛が八の字に下がり、口元から真っ白な歯がのぞいている。

「これは、猪口のおじさん、とても優しくてね。おじいちゃんの親友だったの。すごくかわいがってくれて」

懐かしそうにつぶやく。瑞月が福本を肘でつつく。

〈なんて？〉

〈これ猪口さん。とても優しいんだって〉

〈えっ？〉

瑞月は、思わず顔を上げてひかりを見つめた。いつも気難しい猪口とこの絵がまったく結び付かなかったのだ。しみじみと絵を眺めてしまう。人というのはわからないものだ。あの猪口が優しくて、ひかりをかわいがっていただなんて。瑞月が知らない歴史がまだまだあるのだろう。

ひかりは隣の部屋に移る。

「見て、これ。完璧じゃない？」

修と笑い合っている。福本が、傍らで見守っている。瑞月はチラシを取り出して、ひかりに渡した。親睦会に来てもらえたら、と思ったのだ。修ものぞき込む。福本がチラシを指さして、説明し始めた。話すのに一生懸命で、瑞月に通訳するのを忘れている。ひかりが来るのか来ないのか、瑞月にはわからない。福本の手が動くのを待った。でも、福本は気づかない。ひかりたちに説明を続けている。瑞月は笑顔で話す三人を、ただ見ていることしかできなかった。

瑞月の心の中に、もやもやとした灰色の雲がくすぶっている。それが一体何なのかよくわからなくて、気持ちがなんとなく沈んでしまう。それでも、親睦会の用意をしているうちに、少しずつ気にならなくなっていった。することはたくさんあった。境内に照明をつけ、テントを張る。長机とパイプいすを運んで並べ、紙の皿とコップ、割り箸を用意して置く。酒類は出せないが、ジュースとお茶も用意した。

長机の上には、ウメが大鍋で作ってくれた豚汁が乗っている。味噌の香ばしい匂いが境内の中に流れていく。瑞月は皿の上のたくわんを、一切れつまんでかじった。ウメに「こら」としかられる。たくさんの人が食べて笑ってくれるように、祈りたい気分だった。

境内にある時計が夜八時を指した。やってきたのは、一組の夫婦と他に一人だけだ。三十脚も用意したいすは使われず、テントの中はガランとしている。瑞月は村の人たちが来ないかと、境内の入り口を行ったり来たりしていた。福本がテントを見渡して、肩をすくめた。

〈やっぱ夜は高齢者にはきついよ。もっと村のみんなのこと考えなきゃ〉

その言葉に、瑞月は目を見開いた。

〈なら、早く言ってくれればいいのに〉

福本が口をつぐむ。瑞月も黙る。その時、突然、声が響いた。

「あー！　懐(なつ)かしい」

ひかりが修と一緒(いっしょ)にやってきたのだ。福本の顔が明るくなる。瑞月が近づこうとすると、福本が前に出た。

「この滑(すべ)り台(だい)で遊ぶたびに、いっつもけがしてたんだ」

ひかりが境内(けいだい)の遊具を指さして、修に説明している。

「あの、ぼくたち移住を前向きに考えようと」

修と福本がにこやかに話し始めた。この間と同じだった。瑞月には、みんなが何を言っているのかわからない。階段で影(かげ)が揺(ゆ)れ、猪口の姿が現れた。来てくれたのだ。瑞月は笑顔(えがお)で近づこうとした。猪口は瑞月には目もくれなかった。素通(すどお)りして、まっすぐひかりに近づいて行った。

「おお、ひかりか！」

ひかりも駆(か)け寄(よ)っていく。二人は手を取り合って喜んでいる。猪口は、とろけそ

うな笑顔だ。ひかりが描いたあの似顔絵と同じ顔だった。瑞月が初めて見る笑顔だ。

「本当にこの村に来るのか？」

「うん。わたし、この村に愛されて育ったんだなって。花懸け祭り、この子にもやってあげたいな」

猪口は、ひかりのお腹に耳を寄せている。赤ちゃんの動く音を聞いているのだ。

ひかりの横では、修と福本が、にこやかに話をしている。みんなのまわりに明るく暖かな輪ができている。瑞月だけがその中に入っていけない。足元から冷たい空気が這い上がってくるようだった。福本が、瑞月の方に顔を向けた。手招きしている。

瑞月は首を横に振った。

〈さっき、何を喜んでいたの？〉

瑞月がきくと、福本はあわてて答えてくれた。

〈あ、移住したいって〉

瑞月の気持ちが重くなった。そんな大切なことも、自分はわからなかったのだ。

〈みんなの話、わたしまったくわからなかった〉

瑞月は、福本を責めるつもりはなかった。そこまで気がまわらなかったのだろう。

ただ、わかってほしかった。瑞月は福本が説明してくれないと、何も知ることができないのだ。自分がどんどん薄くなって、透明人間になったような気がする。誰にも見えない、気がついてもらえない。

福本が瑞月に近づく。

「福本さん、ちょっとききたいんだけど……」

「あ、はい」

ひかりに話しかけられて、福本は振り向いてしまった。瑞月はみんなに背を向けた。境内の階段をゆっくり降りる。親睦会は自分がいなくても進む。ここにいる必要はないのだ。

階段を一段降りるごとに、瑞月の体から力が抜(ぬ)けていくような気がした。

どんよりとした気分が続いていた。瑞月の心に湧(わ)いた灰色の雲は、日に日に大きくなっていく。村をまわっていても、役場で仕事をしていても、気持ちが空回りしているような気がしてならなかった。

その日も、瑞月は晴れない気持ちで役場のパソコンに向かっていた。田辺が足を止める。

「彼女(かのじょ)、どうしたの?」

福本にささやく。

「あ、いや……」

福本が言いよどんだ時、村松の姿が見えた。足早に田辺に近づくと、ポストカードの束を取り出した。

「田辺さんこれ」

瑞月が村の人たちに渡(わた)しているカードだ。田辺が手に取って眺(なが)め始める。

「話し相手のついでならともかく、こんな本格的な健康相談はちょっと困るんですよね」

「住民たちは必要としているみたいだけど」

「でも、あの、やはり耳がご不自由でしょ。何かあったら……」

「聞こえないっていうのは、まったく関係ないんじゃない？」

瑞月はパソコンの手を止めて、二人を見つめていた。不安がこみあげる。村の人の役に立ちたいと思って始めたカードだ。何か問題があったのだろうか。

「実は、さっき笹原先生からポストカードのことで来てほしいと連絡(れんらく)があって」

村松が声を低くした。田辺が顔を上げて、瑞月を手招きする。

〈笹原先生が呼んでるって〉

福本が瑞月に伝えた。瑞月は、急いでうなずいた。

〈わかりました。すぐ行きます〉

村松が固い顔で瑞月を見ている。瑞月の隣では、福本が何かを考えているようにデスクの上を見つめていた。


診療所は、相変わらずお年寄りでいっぱいだった。瑞月が福本と一緒に診察室の戸を開けると、笹原は診察中だった。患者に見覚えがある。冨口地区に住む安藤だ。瑞月を見ると、にっこり笑って手を上げた。瑞月は、以前、安藤から渡されたポストカードのことを思い出した。それには、首や背中が痛いと書いてあった。ただ、今診てもらっているのは腹部だった。

「服めくってくれる?」

笹原が瑞月に声をかけた。なんて言ったのか瑞月にはわからない。戸惑っていると、笹原は自分で安藤の服をめくった。瑞月は、くちびるをかんだ。小さな指示に反応することもできない自分が、くやしかった。村松の固い顔が目に浮かぶ。

「通訳しましょうか」

「ああ、頼む」

福本が瑞月を見て、小さくうなずく。瑞月は、一瞬、胸が詰まった。気持ちが、ふっと楽になる。

「どの辺が痛いですか」

二人の会話を福本が通訳する。瑞月にも、状況がよくわかった。

「ああ、ここか」

「いてて」

〈前に首や背中も痛いって言ってませんでした?〉

瑞月の言葉に、安藤が顔をしかめながらうなずく。笹原が首に手をやった。

「今度は首見ますね」

「いてて」

「ああ、ここですね、はい」

笹原は淡々と診察すると、安藤に言った。

「一度町の病院で診てもらった方がいいですね。狭心症の疑いがあります」

「狭心症？　腹じゃなくて？」

「しっかり調べた方がいいですね。普段平子さんに相談していてよかったですよ。紹介状を書きますからね」

安藤はうなずきながら、瑞月に手を合わせた。瑞月は、頑張ってと右手を握りしめた。

安藤の診察が終わると、笹原は瑞月に向き直った。

「助かった。おかげで、狭心症（きょうしんしょう）の疑いで町の病院に紹介状（しょうかいじょう）を出せた」

福本の通訳を見て、瑞月はあわてて手を振（ふ）った。

〈とんでもない！〉

瑞月には、病名までは判断できなかった。やっぱり医者はすごいと思った。

「ポストカードのことなんだけど」

笹原の言葉に、瑞月はつばを飲（の）み込（こ）んだ。

「回答、的確だった」

瑞月の体から力が抜（ぬ）けた。

〈ありがとうございます〉

胸をなでおろすというのはこういうことを言うのだ、と思った。

「皆（みな）さん高齢（こうれい）で、ここに来るのが大変でさ」

笹原の言葉が、瑞月にはよくわかる。

「これからも、村の人たちの健康相談に乗ってほしい。君は、村の人たちに一番近い存在だから」

笹原が、ひげだらけの顔をほころばせた。

瑞月は、大きくうなずいた。

「このままここにいてほしいんだけどなあ」

笹原の言葉が、胸にしみるようだった。瑞月の中に居座っていた雲が、ゆっくりと消えていった。

診療所を出ると、外はまだ明るかった。いつのまにか日が長くなってきている。

瑞月は、止めてあった自転車に足をかけた。福本は、軽バンに乗ってきたらしい。

〈じゃあね〉

瑞月が自転車をこぎ出そうとした時だ。足元で何かが引っかかったと思ったら、自転車が動かなくなった。見ると、チェーンが切れてタイヤにぶら下がっている。

〈あー、ついに力尽きたか〉

なにしろ父が使っていた自転車だ。寿命が来たのだろう。歩いて帰るしかない。

瑞月が自転車を押して歩き出そうとした時だ。バンから、福本が降りてきた。自転車をつかむと、ヒョイと車の後ろに乗せる。

〈こっちに乗って。しばらくは、俺が送り迎えするよ〉

そういうと、運転席に乗り込んだ。

〈ありがとう〉

瑞月は助手席のドアを開けた。シートの上に本が置いてあるのに気づいた。手に取ってみると、表紙に、『わたしたちの手話　学習辞典1』と書いてあるのが見えた。

〈これ……〉

福本は、あわてて瑞月の手から本を奪うと、後ろの座席に隠すように置いた。照れくさそうにせきばらいをしている。

福本は勉強してくれていたのだ。どうりで最近、会話がスムーズにできると思っていた。そんなに焦って隠さなくてもいいのに。

福本は動揺しているのか、シートベルトがはめられずに四苦八苦している。瑞月は、笑いをかみしめた。暖かい思いで胸がいっぱいになる。顔を上げると、夕日が山の向こうにゆっくりと沈んでいくところだった。

第6章　久仁木村の夏

瑞月が久仁木村に来て、初めての夏が来た。

額の汗をぬぐいながら、村の小道を歩く。

今日最初に向かったのは、加古川家だ。玄関からのぞくと、リュウ子の姿が見える。

〈こんにちは〉

瑞月に気がつくと、リュウ子はぱっと笑顔になった。

「あ、来て」

瑞月を手招きする。居間に入ると、リュウ子は車いすを降りてテーブルに近づいた。今日は淡いピンクのブラウスを着て、同じ色のリボンで髪を結んでいる。今日もおしゃれだ。テーブルの上に置いてあったポストカードを手に取って、瑞月に差し出す。瑞月は、少しの間カードを見つめてしまった。そこには、《どうやって障害を乗り越えたの？》と書いてあったのだ。字が細く震えている。力の入らない手で、一生懸命書いたのだろう。

〈乗り越えていないよ。そのまま歩くだけ〉

障害は瑞月にとって乗り越えるものではなかった。そもそも耳が聞こえないことを障害だとも思っていないのだ。自分は自分だ。目の前の道を自分の意思で歩いているだけだ。リュウ子が、首をかしげる。瑞月は、クロッキー帳を取り出して、今言った言葉をペンで書いた。リュウ子が、文字をじっと見つめる。

「ねえ、助ける、って手話でどういうの？」

指文字で、「た・す・け・る」と示してきた。表がなくても、うまく話せるようになっている。瑞月は、手話で、

〈助ける〉

と、やってみせた。片方の親指をもう片方の手のひらに当てるのが、手話の〈助ける〉だ。リュウ子は、瑞月の動きを見ながら真似している。

〈助ける〉

上手にできている。瑞月がうなずくと、リュウ子も笑顔になった。この手話をリュウ子は、誰に伝えたいのだろう。両親だろうか。

〈そうだ。いいものがあるの〉

瑞月はバッグの中から、マニキュアの小瓶を取り出した。

〈リュウ子さんに似合うと思って〉

リュウ子の手を取る。細い小指に、マニキュアをぬった。淡いピンクの爪は、指に桜の花が咲いたようにかわいらしく見えた。

〈似合ってる〉

リュウ子がはにかむように笑った。つぼみがほころぶような笑顔だった。

次に向かったのは、芦村家だ。今日は、瑞月が苗を植えてみる日だった。渋る利

三郎を説得して、ようやく許可を得たのだ。なんとかうまく植えなければならない。

瑞月は腕まくりをして芦村家のドアをたたいた。

美恵子から渡されたのは、ビニールポットに入った花の苗だった。畑に小さな穴を掘って、これを中に入れていくのだ。簡単そうに見えた。瑞月は、軍手をしてスコップを持った。利三郎と美恵子は、いつものように縁側に座って、畑の方を向いている。瑞月は、力を入れてスコップを土に突き刺した。

(あれ?)

うまく掘れない。土って、こんなに固いものだったろうか……。

美恵子が触手話で利三郎に話している。

〈手元が危なっかしいわ〉

〈だめだ！　それじゃ、苗が傷んでしまう〉

利三郎は、まるで自分が見ているかのようにハラハラしている。次に瑞月は、苗の先をつまんで穴の中に入れた。土をかぶせて、もう一つ苗(なえ)をつまみ上げる。

〈今度は、葉をつまんでいますよ〉

〈なんてことを！　もう見ていられない〉

美恵子は笑いをかみ殺した。

〈あなた、見えないじゃない。そんなに心配だったら、あなたがやれば？〉

美恵子は、気がついていた。利三郎は生き生きとしている。瑞月が来るようになってから、表情が明るくなってきた。まるで、目が見えなくなる前の利三郎のようだ。以前はこんな風に笑う人だったのだ。もうすべてをあきらめて戻(もど)ってきたこの村で、また、こんな表情を見ることができるなんて思いもしなかった。

美恵子の目の先で、瑞月がよろけた。ポットの苗(なえ)が地面に落ちる。

〈あ、転んじゃった！〉

利三郎が頭を抱(かか)えた。美恵子はがまんできずにふき出した。

瑞月が花を植えるには、まだまだ修行が足りないようだった。

ひかりたちが引っ越してきたのは、七月の初めだった。移住を決めてから二週間。もう二人は引っ越してきたのだ。ひかりの行動力に、瑞月は感心してしまう。カフェに必要なものはそろっているし、木工作家の修の仕事部屋も決まった。あとは、オープンに向けての準備と出産の準備が待っているだけだ。

瑞月は、毎日のようにひかりの家に行き、細々としたことを手伝っていた。家は、日に日に輝きを増していく。ひかりたちが帰ってきてくれて、家も喜んでいるのだ。

今日も、瑞月は福本と一緒にひかりの家に来ていた。

「座って、座って」

いつものように、ひかりの言葉を福本が通訳する。みんなで、大きなダイニングテーブルの前に座った。これは修が作ったものだ。座るとほんのりとした暖かさが伝わってくる。木でできたものが気持ちを和らげてくれることを、瑞月は初めて知った。

「ケーキ焼きあがったよ」

ひかりが、お皿を運んでくる。

〈あー、いい匂い〉

「はい。どうぞ。食べてみて」

木のお皿の上には、焼きたてのシフォンケーキが載っている。

〈これ、もしかしてカフェの?〉

瑞月が聞くと、ひかりはうれしそうにうなずいた。隣で修がほほ笑んでいる。瑞月は福本と一緒にケーキを口に入れた。

〈おいしい!〉

瑞月の手話をひかりが真似る。修も、食べながら真似をする。手話がどんどん広

がっていくようで、瑞月はうれしかった。

修が突然、フォークを置いて立ち上がった。ひかりを呼んで、二人でテーブルの横に立つ。そこには、白い布で覆われたものが置いてある。けっこう大きなものだ。

「せーの……」

修が声をかける。二人が布を引っ張ると、中から出てきたのはベビーベッドだった。瑞月は目を見張った。修が作ったのだろう。木でできたベッドは、見るからに暖たかで寝心地がよさそうだった。修が宣言する。

「三十年ぶりの赤ちゃん、いよいよ生まれます！」

瑞月と福本は、大きく拍手をした。修が、瑞月に頭を下げる。

「助産師さんも来てくれるようでよかった」

修が言っている助産師とは、まゆのことだ。瑞月が頼んだら、二つ返事で引き受けてくれたのだ。

〈桑野まゆさんはベテランなので、安心してくださいね〉

瑞月の言葉に、修はうれしそうにうなずいた。ひかりが、瑞月の方を向く。いつになく真面目な顔だ。

「瑞月ちゃん、是非、出産に立ち会ってほしいの」

福本の通訳を見て、瑞月は急いで首を振った。

〈無理無理。見てるだけ〉

「俺なんて、怖くて見てられない」

修が震える真似をして、シーツを頭からかぶった。笑いがはじける。

「しっかりしてよ！」

ひかりに背中をたたかれて、修は大げさに痛がってみせた。いい夫婦だと瑞月は思った。生まれてくる赤ちゃんは、きっと愛情いっぱいに育つだろう。瑞月は、今から楽しみでたまらなかった。

「そうだ。これ」

ひかりが、ラップにくるんだケーキを差し出した。

「猪口のおじさんに持っていってほしいの」

〈了解(りょうかい)！〉

瑞月は、ケーキを受け取った。手の中で、ケーキはまだふんわりと温(あたた)かかった。


猪口の家に向かう。玄関(げんかん)の戸を静かに開けた。今日の気分はどうだろう。またしかめっつらで戸を閉められるかもしれない。おそるおそるのぞき込(こ)むと、居間で座(すわ)っている猪口が見えた。瑞月に気がつくと、

「なんだ、あんたか。来い」

手招きしている。今日は不機嫌(ふきげん)ではなさそうだ。瑞月は中に入ると、ひかりから預かったケーキを差し出した。猪口が顔をしかめる。

「甘(あま)いのは苦手なんだよ」

瑞月は、すかさずクロッキー帳を取り出した。

《ひかりさんからです》

それを読んだとたん、猪口の顔つきが変わった。

「お、そうか」

いそいそとケーキを受け取る。瑞月は、笑いをかみ殺した。すると、猪口が棚(たな)に手を伸(の)ばした。ポストカードを取り出して瑞月に差し出したのだ。瑞月は、自分の目を疑った。カードには、太い字が並んでいる。

《言われた通り薬飲んでるけどなんにも感じないから、薬飲むのやめてもいいだろ？》

瑞月は、笑いそうになった。丁寧に《猪口重孝(しげたか)》とフルネームまで書いてある。

猪口は瑞月から目をそらすと、お茶を飲み始めた。瑞月は、ペンを取り出して早速(さっそく)

返事を書き始めた。
「おい、帰ってから書けよ」
瑞月は笑いながら返事を書き続ける。猪口が、呆(あき)れたような顔で瑞月を見つめていた。

八重は、居間で足を止めた。テーブルの上にクロッキー帳が載っている。瑞月がいつも持ち歩いているものだ。部屋を見回したけれど、瑞月の姿は見えない。八重は、テーブルの前に座(すわ)り込(こ)んだ。

ページを一枚開いてみる。
《意外です。すごく優(やさ)しい方でした！》
しっかりした動きのある字が並んでいる。瑞月をそのまま表しているようだ。これは、一体誰(だれ)のことを書いたのだろう。もう一枚めくってみる。

《この野菜よかったら持って帰って！　イイやつよ》

思わず笑みが浮かぶ。瑞月は村の人たちから受け入れられているのだ。ふと、充の顔が浮かんだ。あの子はいつも苦しそうだった。笑顔が多い瑞月とは大違いだ。大切に育ててきたはずなのに、どうしてこうなってしまったのだろう……。

八重は、もう一枚クロッキー帳をめくった。

《いつもありがとうね。この後、どこに行くの？》

笑顔で答える瑞月が見えるようだ。八重は、ページをめくり続けた。

その朝、瑞月はいつものように掃除をしていた。部屋中にハタキをかけてから、掃除機、拭き掃除と進める。仏壇にハタキをかけていた時だ。線香が切れているのに気づいた。新しいのを探して、仏壇の隙間に手を入れた。すると、小さな箱のようなものが瑞月の手に当たった。引き出してみると、中に手紙が入っている。古いものらしく、色がくすんでいた。手に取り裏を見た途端、瑞月の動きが止まった。差出人は『平子充』と書いてある。父からだ。瑞月は、中から便箋を引き出した。開いてみて、息が詰まった。そこには、たった一行だけ、太い字で

《一生許さない》

と書かれてあったのだ。

タブレットのスイッチを入れる。東京の平子家とつながった。瑞月は、画面の向こうにいる愁子に手紙を見せた。愁子が息を飲んだのがわかった。

〈何があったの？〉

愁子は答えない。瞬きもしないで、手紙を見つめている。もう一度、タブレットに手紙を近づけた時、隣の部屋の電気がついた。八重が起きているのだ。瑞月は、タブレットを消して立ち上がった。

戸を開けると、八重はベッドの端に腰かけていた。瑞月を見て、体を固くする。

瑞月は、八重の目の前に父の手紙を差し出した。八重の顔から血の気が引いた。

〈これ、お父さんだよね〉

八重は瑞月から顔をそらした。

「あなたには関係ない」

八重の言葉が瑞月にはわからない。

〈なんて言ったの？〉

瑞月は、クロッキー帳とペンを八重に差し出した。

「充の話はするな」

八重はそう言い放つと、父の手紙をくしゃくしゃに丸めた。そのまま布団にもぐり込む。瑞月は、クロッキー帳にペンを走らせた。

《何があったの？》

八重に見せる。八重はそのまま目を閉じてしまった。

《わたしのこと?》

肩(かた)をトンとたたいて、もう一度見せる。八重は怖(こわ)い顔で瑞月を見ると、くるりと背中を向けてしまった。もう石のように動かない。瑞月は、少しの間八重の背中を見つめていた。それから、クロッキー帳を閉じて立ち上がった。瑞月が出ていくまで、八重はピクリとも動かなかった。

東京の平子家では、愁子がテーブルの一点をじっと見つめているところだった。充が向かいのいすに腰(こし)かける。

〈ビール〉

いつもはすぐに立ち上がる愁子が、今日は動かない。不審(ふしん)に思って顔を上げた充を、愁子はまっすぐに見つめた。

〈……お義母さんに手紙を書いていたのね。あの子、手紙を読んだみたい〉

充が目を大きくした。

〈送っていたなんて知らなかった〉

二人の目にあの日の光景が浮かび上がった。

二人で母に結婚の報告をしに行った時だ。雨の強い日だった。玄関先で、八重はものすごい剣幕で二人に詰め寄った。結婚は反対され、お腹にいた瑞月をおろせとまで言われた。そのショックで、愁子は流産しそうになったのだ。あれが、自分と母親を切り離した日だと充は振り返る。今もどうしても許すことができない。瑞月には知られたくないと思っていた。それなのに、避けていた過去に瑞月は容赦なく近づいてくる。あの子を傷つけたくない。

充は、両手を強く握りしめた。

瑞月は、その夜、眠れなかった。何度も寝返りを打ち、そのたびに父の手紙の文が目に浮かんできた。父と八重の間に何があったのか。自分に関係しているような気がしてならない。そうでなければ、八重がこんなにも瑞月のことを無視するはずがない。何があったのか知りたい。知らなければ前に進めない。部屋の暗さがのしかかってくるようだ。天井を見つめながら、瑞月は何度も大きく息を吸い込んだ。

次の日、八重はなかなか起きてこなかった。

〈ごはんだよ〉

瑞月が部屋に行って肩を触っても、一瞬だけ目を開けてまた閉じてしまう。仕方がないので、瑞月は一人で朝ごはんを食べることにした。味噌汁を飲んで、ごはんを口に入れる。味がよくわからなかった。瑞月はぼんやりと壁を見つめながら、箸を動かしていた。そこにウメの姿がひょっこりと現れた。

「うまそうだね」
身振りで伝えてくる。
〈あ、ウメさんの分もあるよ〉
「うん。食べたい」
瑞月は、うなずいて立ち上がった。台所に行って、ウメのごはんをお盆に載せる。
居間に戻ろうとした時、福本が顔を出した。
〈おはよう。迎えに来た〉
〈ありがとう。ちょっと待って〉
居間に入ろうとしたら、福本に止められた。
〈今は入らない方がいい〉
真剣な顔をしている。
〈なんで止めるの？〉

福本は、居間に目を向けてから、黙って首を横に振った。

〈教えて！〉

福本は、少し迷うように目を伏せたが、ゆっくり手を動かし始めた。

八重とウメが話をしている。八重が、ウメを見つめた。

「ウメちゃん、どうしたらいいの？　あの子を見ていると胸が締め付けられる」

ウメが、八重の肩に手を置く。

「後悔してる……」

「八重ちゃん……」

「……愛おしいのに……謝らなければ……」

八重は、手で顔を覆った。瑞月は、息を飲んだ。福本から目をそらすと、居間に足を向けた。福本は静かに玄関を出ていった。

瑞月が入っていくと、八重とウメが同時に振り返った。瑞月は、クロッキー帳に書いてきいた。

《謝(あやま)るって、なんのこと？》

二人の目が大きくなる。瑞月は、両手を握(にぎ)りしめた。今日こそは、きかなければならない。八重がどんなに無視しても、一歩も引かないつもりだった。ウメが、立ち上がって八重を見つめた。小さくうなずいて、部屋を出ていく。八重は、背筋を伸(の)ばして瑞月を見た。そして、覚悟(かくご)を決めたように口を開いた。瑞月は八重の口元を見つめる。

「充……」

八重はペンを手に取ると、クロッキー帳に書き始めた。

《充……障害がある子を産んで、わたしは恥(は)ずかしかった。苦しかった》

瑞月は、つばを飲(の)み込(こ)んだ。

《聞こえる子と同じように育てることが充の幸せにつながると信じてたの》

八重の言葉は続いた。

《愁子さんが妊娠（にんしん）した時、厳しく中絶を迫（せま）ったわ》

中絶……。瑞月は、体が一気に冷えるような気がした。

《また同じ障害のある子が生まれたらと不安だった。愁子さんは、流産しそうになったわ》

その時お腹（なか）にいたのは、瑞月だ。八重は、瑞月を消したかったのだ。恐（おそ）ろしさに体が震（ふる）えた。

《でも、大きくなったあなたと会って……》

八重は動きを止めて瑞月を見た。目が深い夜の色をしている。

《本当にひどいことをした。ごめんなさい》

八重のまつげが震（ふる）えている。手が伸（の）びてきて途中（とちゅう）で止まった。瑞月も手を伸（の）ばしかけた。でも、どうしても八重の手を握（にぎ）ることはできなかった。息が苦しかった。

瑞月は黙って立ち上がった。八重に背を向ける。視線が背中に刺さってくるようだ。振り返らずに部屋を出る。やるせない気持ちがこみあげてきて、瑞月はその場にうずくまった。

瑞月は、そのままバスに飛び乗った。役場に休みの連絡を入れると、福本はすぐにわかってくれた。ありがたかった。

バスから見る景色がにじんで見える。瑞月の目に父の手紙の文字が目に浮かんできた。あれを書いた時の父の気持ち、それを読んだ時の八重の気持ち……。考えると、胸が痛くてたまらなかった。自分が今ここにこうして生きているのが奇跡に思えてくる。目を閉じる。涙が一粒、頬を伝って落ちていった。

家に着いたのは、夜だった。ドアを開けると、みんなが一斉に立ち上がった。はるひに愁子、充も帰ってきている。

〈お姉ちゃん！　どうしたの？〉

はるひに説明する余裕がなかった。瑞月は、愁子と充の前に座った。二人は、とまどったような顔で瑞月を見ている。当然だと思った。連絡もしないで、突然帰ってきたのだ。瑞月は、余計な説明を避けて、単刀直入に言った。

〈……わたし、もし自分が生まれなかったらと思うと、怖い……〉

充が、息を飲んだ。瑞月は、胸の前で手を動かす。

〈すごく苦しい〉

充は動かない。

〈おばあちゃんはすべて話してくれた〉

充の眉がピクリと動く。

〈わたしは、もう生まれて、今わたしの道を歩いている。もう、前に行くだけ〉

充は、何も言わず瑞月を見つめるだけだ。

〈お父さんは……このままでいいの？〉

愁子が充を見る。瑞月は、思い切って提案した。

〈……ねえ。一緒に村に行こう〉

指と指を合わせる〈一緒に〉の手話。瑞月はこの手話に、心をこめた。充はうつむいて、少しの間考えているようだった。そして顔を上げると、小さく首を横に振った。瑞月の体から力が抜けた。バッグをつかんで立ち上がる。ドアに向かうと、はるひが駆け寄った。

〈え？　もう帰るの？〉

〈うん。明日も仕事だから〉

玄関に向かう瑞月の後をはるひがあわてて追いかけてきた。

〈またね〉

手を振ると、はるひは目をぱちぱちさせてうなずいた。

駅までの道を歩く。電灯が暗闇を切り裂くように照らしている。村の夜と全然ちがう。今の瑞月には、村の暗さが懐かしかった。スマホを取り出す。

《守ってくれてありがとう》

電灯の下で打ち込む。宛先は充だ。送信マークを押すと、瑞月の言葉は紙飛行機マークと一緒に飛んで行った。父が守ってくれたおかげで、自分は今ここにいる。立ち止まっている暇はない。スマホをバッグに入れて、瑞月は歩き始めた。

瑞月からのメールを、充は瞬きもしないで見つめていた。愁子が話しかけてくる。

〈今行くべきじゃない？　あの子がチャンスをくれたのよ〉

〈お前は強いな〉

自分は母親と向き合う覚悟ができないでいる。

〈わたしも母親だから。お義母さんと同じ〉

充は、瑞月からのメールを見つめ続けた。文字がにじんで、見えなくなっていった。

瑞月が村に戻（もど）ると、朝になっていた。白く光る空気がおいしい。家の引き戸を開けると、そこに八重がいた。仏壇（ぶつだん）に花を運んでいたのだろう。瑞月を見て一瞬（いっしゅん）こわばった顔が、静かにほぐれた。八重のまわりを囲んでいた固い殻（から）がくずれていく。

瑞月は、初めて八重の顔を見たような気がした。

〈ただいま……〉

瑞月の手話に応えて、八重の口がゆっくり動く。

「おかえり」

殻（から）をはぎ取った八重は、朝の空気のようにきれいだった。

いつものように、瑞月は村をまわる。驚くことが二つあった。一つ目は、芦村家だ。瑞月が訪ねていくと、利三郎の姿が見えなかった。美恵子に聞くと、ほほ笑みながら肩をすくめた。畑の方を指さす。見ると、利三郎が畑に這いつくばっている。何をしているのか、瑞月にはわからなかった。

〈花を植えているのよ〉

瑞月は、美恵子を見て、また利三郎に目を移した。利三郎のまわりに、花の苗が一面に植えられていた。手で触る感覚だけを頼りに、花を植えているのだ。

〈もう一度祭りの花を作りたいって〉

利三郎が、額の汗をぬぐう。

〈この花をあなたに託したいって〉

瑞月の頭が下がった。利三郎は、自分に大きなバトンを渡そうとしているのだ。

瑞月は、利三郎のそばに近づいて苗を手に取った。利三郎が気づいて笑う。土の匂いがわきたって、瑞月の鼻が痛くなった。

驚いたことの二つ目は、リュウ子だ。ニワトリ小屋に行きたいと瑞月に頼んできたのだ。軽バンにリュウ子と車いすを乗せて、小屋まで行く。敏江と次郎は、卵を取る作業をしているところだった。リュウ子を見て、二人はあわてて駆け寄ってきた。リュウ子は、瑞月の手につかまって車いすで小屋に近づいた。よろけながら卵に手を伸ばす。

「そんなことしなくていいから!」

敏江が、止めようとした。リュウ子は凛とした目で敏江を見つめた。

「手伝いたいの」

そう言うと卵をつかんだ。そのとたん、手から滑り落ちた。地面で割れてつぶれる。

「家に戻(もど)っていなさい」

敏江が、車(くるま)いすに手をかけた。次郎の手がそれを止めた。

「手伝ってもらおう」

敏江が何か言いかけてやめた。リュウ子は二人にうなずいて、もう一度挑戦(ちょうせん)する。車(くるま)いすから落ちそうになりながら、卵を手に取った。今度は無事に取ることができた。リュウ子は、その卵を瑞月の手に乗せた。そして、手話も使いながら言った。

「〈守ってくれてありがとう。これからはわたしらしい生き方を見つけたい。瑞月さんみたいに、誰(だれ)かを助けたいの〉」

リュウ子が自分の気持ちを話すのを、瑞月は初めて聞いた。目の中に強い光が見える。次郎がうなずき、敏江は潤(うる)んだ目でリュウ子を見つめている。リュウ子は、何か大きな壁(かべ)を超(こ)えたのだ、と瑞月は思った。

手の中の卵は、まだ暖かかった。

境内に続く階段を瑞月は上っていた。隣には、福本が一緒だ。花懸け祭りの道具を調べるために、二人は神社にやってきたのだ。ひかりの赤ちゃんが生まれたら、花懸け祭りが復活できる。利三郎の花も咲くだろう。不可能だと思った祭りが実現に向けて一歩一歩進んでいる。猪口から預かった鍵で、倉庫の戸を開けた。もわっとした空気が押し寄せてくる。埃とカビの臭いに、せき込みそうになった。倉庫の真ん中にある箱を開けると、中にいろいろな道具が詰まっていた。どれも古くてボロボロだ。瑞月は、三方を手に取った。埃とカビで色が変わっている。長い年月をこの箱の中で過ごしてきたのだろう。日の光をあびることもなく、ただじっと……。瑞月の目に、八重と充の顔が浮かんできた。二人とも同じだ。本当に長い間、自分の箱の中に閉じこもってきたのだ。熱い思いがせり上がってきた。

〈瑞月さん、どうしたの〉

福本があわてて瑞月の顔をのぞき込む。いつのまにか瑞月の目から涙がこぼれていた。一度こぼれだしたら、止まらなくなった。

〈大丈夫。文献や写真も残ってる。また作り直せるよ〉

福本が、瑞月の肩に手を置く。一生懸命慰めようとしてくれているのがわかった。

〈大丈夫だから〉

〈ちがう……ちがうの〉

涙がこみあげてきて、うまく伝えられない。

〈おばあちゃんの思い……お父さんの思い……村の人たちの思いがあふれてきて……〉

みんな、大切な人を必死に守ろうとして、頑張って頑張って……お互いに傷つい

てしまったのだ。

〈誰も悪くないのに……〉

手の中の三方が悲しくてたまらない。

福本の手がいたわるように、瑞月の肩を何度もさすっていた。

その日の晩ごはんに、瑞月はオムライスを作った。父の大好きなオムライスを、八重に食べてもらいたかったのだ。

一口食べたとたん、八重の顔が明るくなった。

〈おいしい？〉

瑞月の言葉に八重は大きくうなずいた。充の好物だというオムライスは、優しい味だった。

八重は、一人息子の充を必死に育ててきた。充が二歳の時に夫が亡くなり、追い打ちをかけるように充が聴覚障害と診断を受けた。あまりのショックで、充を抱いたまま高台から飛び降りそうになったほどだ。充のことは村中にあっという間に知れ渡った。利三郎が耳に障害があるということでいじめを受け、村を出ていったことも知っている。充にはそんな思いをさせたくない。その一心だった。

八重は、瑞月にぽつぽつと充のことを話し始めた。

小さい頃体が弱かったこと、中学校ではテニスをしていたこと、銀行に入ってから愁子と知り合って八重の反対を無視して結婚したこと。

瑞月にとっては、初めて聞くことばかりだった。八重の言葉から、充のことを思う気持ちが、強く伝わってくる。

「あんなに卵が嫌いだったのに、愁子さんのおかげで好物になったのね」

八重の目が潤んでいる。八重は充に会いたいはずだ。このままでいいはずがない。二人が古びた三方になってはいけない。でも、どうしたらいいのか、瑞月にはわからなかった。

オムライスを口に入れながら、瑞月は想いを巡らせていた。

第7章　花懸け祭り

秋が深まってきた。あんなに緑濃く生い茂っていた草や葉が、いつのまにかくすんだ茶色に変わっている。一日ごとに、空気が透き通っていくようだ。

ひかりの陣痛が始まったのは、空に満月がくっきりと浮かぶ夜のことだった。家には、笹原や村の女の人たちが集まっていた。ウメもいるし、東京からまゆも駆けつけてくれた。笹原とウメとまゆ、出産のプロが三人もそろって、準備は万全だ。外では、村の男性陣が固唾を飲んで赤ちゃんが生まれる瞬間を待っていた。

ひかりの陣痛の間隔が近くなってきた。

「はい。じゃあ、いきますよ。息んで！」

まゆが声をかける。瑞月が大学時代に何度も見た光景だ。

「痛い痛い痛い！」

「頑張れ」

修が声をかける。

「上手上手」

笹原も声をかけている。瑞月は、ひかりの腰をさすっていた。顔をゆがめて汗だくになりながら、ひかりは痛みに耐えている。みんなこうやって生まれてきたのだ。

瑞月もそれから父の充も……。

何度か息んだ時、赤ちゃんの頭が出てきた。

「よーし、出てきた」

大きな泣き声と一緒に、赤ちゃんが生まれた。女の子だ。

「おめでとうございます！」

「やったー！」

まゆの声に、修は両手を振り上げた。

「おお！」

「生まれた！　生まれた！」

家の外で、村の人たちが歓声を上げる。修が大泣きし、外では猪口がもっと激しく泣いていた。

〈生まれてきておめでとう〉

瑞月は、生まれたての赤ちゃんに手話で伝えた。目はまだ開いていない。小さな目がいつか瑞月の手話を見て理解してくれたら、どんなにうれしいだろう。

手袋を外しながら、まゆが瑞月を見る。来てくれて本当に心強かった。瑞月がそう伝えようとした時、ウメが近づいてきた。まゆに頭を下げる。

「瑞月ちゃんが来てくれたのは、あんたのおかげだってな」

「〈いえ、わたしは……〉」

「この子は村に生きる意欲をまいてくれた」

まゆの通訳を見て、瑞月は胸が熱くなった。ここに来てよかった。自分は、小さな芽を出すことができたのだと思った。みんなに感謝したい気持ちだった。赤ちゃ

んを取り囲んでバンザイをしている村の人たちに、瑞月は深く頭を下げた。

赤ちゃんは「えみ」と名付けられた。三十年ぶりに生まれた赤ちゃんに、村中が大騒ぎだ。えみちゃんが泣いた、笑った、寝返りしそうだ……と、どこに行ってもえみちゃんの話が出る。えみちゃんは、その名前の通り、村中に「笑み」を与えてくれたのだ。瑞月は、ひかりが出生届を出しに来た時、田辺が言った言葉が忘れられなかった。

「母が充さんを取り上げた時、村でいろいろ言われたらしい。瑞月さんと出会えて、母も救われたと思う」

そして、手話で〈ありがとう〉と伝えてくれた。今まで見た中で、一番心のこもった〈ありがとう〉だった。

そして、春がやってきた。瑞月が夢にまで見た花懸け祭りが、もうすぐ開かれる。

瑞月は、利三郎から花を手渡された。

〈この花を君に託したい〉

瑞月は、大切に受け取った。祭りに使う花と種だ。庭には、利三郎が咲かせた色とりどりの花が一面に広がっていた。目が見えなくても耳が聞こえなくても、利三郎は花に命を吹き込むことができる人だ。瑞月は、花を抱えて歩き出した。振り返ってみると、利三郎と美恵子が、肩を寄せ合って花畑を見ているところだった。


花懸け祭りの日は、絵に描いたような青空だった。神社の境内には祭壇が作られ、たくさんの村の人たちが集まっている。八重やウメ、リュウ子の姿も見える。法被を着た村の男の人が数人、祭壇の前に座っている。その中には、猪口と次郎がいた。祭りの始まりを待っているのだ。

瑞月は後ろの方で、みんなの姿を見ていた。去年の今頃は全然知らなかった人たちが、今はこんなに近い存在になっている。それが、無性にうれしかった。

肩をたたかれて振り向くと、福本が立っていた。落ち着かない様子で、ずい分そわそわしている。

〈あのさ、村にはもう一つ伝統行事があってさ〉

〈伝統行事？　それは何？〉

〈花贈り……〉

花贈り？　瑞月が初めて聞く言葉だ。

福本は、赤い顔でぎくしゃくと手を動かした。

〈結婚式……〉

瑞月は、福本を見つめてしまった。それって……。

その時、突然小さな人影が目の前に飛び出してきた。

〈結婚するの？〉

手話で話しかけられて、瑞月と福本は、顔を見合わせてしまった。目の前で笑っているのは、一人の女の子だった。小学生になったばかりだろうか。大きな目に長い手足、耳の横で結んだ髪が揺れていた。女の子の後ろから、まゆが顔を出した。隣に女の人が立っている。瑞月は、その人をどこかで見たことがあるような気がした。女の人は瑞月に近づいてくると、慣れた手つきで、

〈会いたかったです〉

と手話で伝えてきた。そして、ポストカードを差し出した。そのとたん、瑞月の

頭に一気に記憶がよみがえってきた。あの時の赤ちゃんだ。瑞月が大学生の時に出会った、ろうの赤ちゃん。女の人は水森だった。瑞月は女の子に目を向けた。この子は……。

〈わたしの名前はみらい！〉

女の子がはじけるような笑顔を見せた。瑞月は胸を突かれた気がした。あの時の赤ちゃんが、こんなにも明るく元気に生きている。目の奥が熱くなった。ひかりが近づいてくる。瑞月は、みらいの手を取った。ひかりが、赤ちゃんを見せてくれた。みらいの目の輝きが強くなる。

〈生まれてきて、おめでとう！〉

あの時、瑞月がみらいにかけたのと同じ言葉だった。人の気持ちは、こんな風に伝わっていくものなのかもしれない。瑞月は、湧き上がる思いをかみしめていた。

そして、祭りが始まった。猪口が号令をかけ、次郎が太鼓を打つ。境内の向こうから三方を持った人が四人歩いてくる。中には、それぞれ花や種、ゆずり葉と聖水が入っている。祭壇の前に三方が置かれると、えみを抱いたひかりと修が前に立った。猪口が種を小さな袋に入れて、赤ちゃんの産着の中に入れる。それから、ゆずり葉に聖水をつけ顔に数滴振りかけた。最後に花びらを何枚か振りかける。次郎が太鼓を打ち鳴らし、村の人たちが一斉に拍手をした。ひかりが祭壇を離れると、村の人たちも赤ちゃんに花びらを振りかけた。花びらは人の想いだ。みんなの気持ちを一身に受けて、えみは大きくなっていくのだ。

一緒に見ていた八重が、目を伏せた。充のことを思い出していたのだ。輪を離れて、階段の方に歩いていく。瑞月は後を追いかけようとして、足を止めた。階段を上がってくる人がいる。八重が、立ちすくんだ。上がってきたのは、充だった。後ろに、愁子とはるひの姿も見える。愁子が、静かに頭を下げた。八重はとまどったように会釈する。充は、階段の途中で足を止めたまま動かない。黙って、八重を見

つめている。八重も充を見返す。二人の心に、さまざまな思いがあふれて渦を巻いていた。離れていたたくさんの時間、抱えてきたわだかまり、悲しみやとまどい……押し寄せる渦の中で二人はたたずんでいる。瑞月は、息を飲んで二人を見つめていた。

どのくらいそうしていたのだろう。充がかすかにうなずくのが見えた。八重のこわばった顔がふっとゆるむ。そのとたん、大きな暗い塊がくずれて流れ始めた。二人の間の空気が、明るく澄んでいく。

〈お父さん……来てくれたんだね〉

瑞月は思わず充に近づいた。充は目を細め、まぶしそうに瑞月を見ている。

〈みんなで行くか、家に〉

充の言葉に、八重の目が丸くなった。

〈久しぶりだな、実家に帰るのは……〉

八重の肩が震えた。愁子が近づいて、八重の手を静かに取った。

〈行こう、みんなで〉

瑞月の言葉に、はるひが元気にうなずいた。頭の上には、目にしみるような青空が広がっている。

新しく始まるのだと、瑞月は思った。つぼみが花開くように、家族の時間もまた大きく花開いていく。利三郎の花畑が目に浮かんだ。

一瞬、花の香りが強く押し寄せて消えていった。

あとがき

「ゆずり葉のレガシー」から「咲(え)むの新たなレガシーの創出」へ

きこえない・きこえにくいという特性は、見た目ではなかなか理解されづらいものです。そのため、日常生活や職場等で、手話言語通訳や筆談等の合理的配慮(はいりょ)を受けられないことがよくあります。また、音声による伝達を主とする「電話」を利用することができず、社会参加や日常生活、命に関わる緊急(きんきゅう)通報等にも障壁(しょうへき)が立ちはだかります。

２００９年に全日本ろうあ連盟は結成60周年を記念し、「ろう者の苦しみや差別の歴史をテーマとした映画を作ろう」と初めて映画制作にチャレンジし、『ゆずり葉』（早瀬憲太郎・脚本、監督）を世に送り出しました。

『ゆずり葉』は、海外を含(ふく)めて上映会場７５０か所、上映回数１、２５０回、観客動員40万人という興行成績を残し、各界からも大きな反響(はんきょう)を呼びました。

あれから10年たち、「平成」から「令和」へと新しい時代に移り変わる際に、「令和」の元号発表記者会見の生中継に手話言語通訳や字幕がついたことが示すように、手話言語やきこえない人・きこえにくい人への理解が少しずつ社会に広まりました。

私たちの大切な言葉である手話言語を守ってほしいと、国へ手話言語法の制定を求める中、６００近くの自治体で手話言語条例制定の取り組みが広がり、また、志を同じくする自治体長で構成する全国手話言語市区長会にも全自治体のうち73％が加盟しました。（２０２０年４月６日時点）。

また、２０２０年６月５日にきこえない・きこえにくい人が手話言語や文字により、きこえる人とすぐに電話でつながることができる「電話リレーサービス」の制度化となる「聴覚障害者等による電話の利用の円滑化に関する法律案」が国会にて成立しました。

これで、きこえない人・きこえにくい人も、きこえる人と同じように誰に対しても電話をいつでもすぐにかけられるようになります。日常生活が豊かになるだけでなく、より社会進出が進み、また、命に関わる緊急通報の整備も進むことでしょう。これこそが、『ゆずり葉』が生み出したレガシーです。

連盟は「令和」の理念にふさわしい様々な人々が共生できる社会を目指し、創立70周年の記念として、２０１９年に再び映画制作にチャレンジしました。

『咲む』と題したこの映画は、きこえない看護師の女性が村の中で、人々の喜怒哀楽や葛藤の中で生き、様々な障壁を乗り越えていく姿から、障害とは何かということや「手話言語」は魅力的で素晴らしい言語であることを市民に広く伝え、また、きこえない子どもたちやその家族等に幅広く夢を与えていくことをコンセプトとしています。

手話言語への理解が市民や自治体にも広まりつつある今こそ、『咲む』

を市民の皆様に観ていただくことが、きこえない人・きこえにくい人の夢の実現と共生社会の創出へとつながります。そして、さらなるろう運動パワーで手話言語法や情報・コミュニケーション法の制定実現に結びつけていきます。

当初、２０２０年４月に行う予定であった完成披露試写会は、新型コロナウイルス感染症の拡大による緊急事態宣言により断腸の思いで中止することになりました。しかし、私たちはこの緊急事態を仲間たちと共に支えあい、必ず乗り越えていきます。

乗り越えた先には、さまざまな『咲む（多くの花が咲き、多くの笑顔があふれる、周りを幸せにする）』が必ず待っています。それこそが、『咲む』の新たなレガシーとなることでしょう。

本書を読まれた皆さまが映画も併せてご覧になり、きこえないことや手話言語について知っていただき、私たちの運動のよき理解者、同伴者となってくだされば、この上ない喜びです。

最後になりますが、この小説の基になった映画『咲む』脚本・翻訳・監督をされた早瀬憲太郎氏、小説を執筆された広鰭恵利子氏、そしてこの本を出版してくださった汐文社に心からお礼を申し上げます。

２０２０年10月

一般財団法人全日本ろうあ連盟理事長　石野富志三郎

全日本ろうあ連盟のあゆみ

2009	6月6日	60周年記念映画「ゆずり葉」全国上映運動始まる
2010	7月29日	改正「障害者基本法」が「言語(手話を含む)」と規定・成立（8月5日公布）
2011	6月20日	「障害者総合支援法」可決・成立（2013年4月1日施行）
2012	6月13日	改正「障害者雇用促進法」可決・成立
2013	6月19日	「障害者差別解消法」可決・成立
2013	10月11日	鳥取県で全国初の手話言語条例施行
2013	11月22日〜24日	「情報アクセシビリティ・フォーラム」（東京・秋葉原）開催
2016	10月〜	創立70周年ドキュメンタリー映画「段また段を成して」上映
2017	12月	国連が9月23日を「手話言語の国際デー」と制定
2020	6月5日	「聴覚障害者等による電話の利用の円滑化に関する法律案」が成立

原作／早瀬憲太郎（はやせ　けんたろう）

奈良県出身。東京都五反田でろう児対象の国語専門学習塾「早瀬道場」塾長。大塚ろう学校の早期教育相談指導員として映像教材を制作したことをきっかけに、ろう児のための映像教材・映画、ろう者をテーマとした映画等の制作に携わる。監督作品に、全日本ろうあ連盟60周年記念映画『ゆずり葉』（2009年）、同連盟70周年記念映画『咲む』（2020）、東日本大震災と障害者をテーマにしたドキュメンタリー映画『生命のことづけ』（2013）など。

文／**広鰭恵利子**（ひろはた　えりこ）

北海道根室市生まれ。北星学園大学英文科卒業。
作品に『遠い約束』（小峰書店・第16回北の児童文学賞受賞）、『そして、死の国へ…』『マリと子犬の物語』『ラブレター』『ゆずり葉』『こどもしょくどう』『星に語りて』（汐文社）、『空のてっぺん銀色の風』（小峰書店）、『海の金魚』（あかね書房）ほか多数。

監修／一般財団法人 **全日本ろうあ連盟**
（いっぱんざいだんほうじん ぜんにほんろうあれんめい）

咲む（えむ）

2020年10月　初版第１刷発行

原　　作	早瀬憲太郎
文	広鰭恵利子
監　　修	一般財団法人 全日本ろうあ連盟
発 行 者	小安宏幸
発 行 所	株式会社 汐文社 東京都千代田区富士見1-6-1　〒102-0071 電話 03（6862）5200
印　　刷	新星社西川印刷株式会社
製　　本	東京美術紙工協業組合

ISBN978-4-8113-2791-4